小説

岩波書店取材日記

中野慶　著

かもがわ出版

小説　岩波書店取材日記

目次

装丁　小島トシノブ

小説　岩波書店取材日記

本書は実在する出版社の二〇一五年を舞台にした小説です。ノンフィクションではありません。主人公たちがヒアリングしている登場人物は同社に在籍しておらず、いずれも架空の存在です。（著者）

プロローグ　円筒分水を見ていた

脇を攻めるなって、か、かよこ。鳥の羽根でつつくなんて。やめて。悪趣味よ。顔面を蹴飛ばしたら、すっ飛んでいった。引き返してきて、おもむろに針を手渡した。何よこれは。刺してとせがんで、卵を二つ持ってきた。お尻に刺すのだという。針を殻に突き立てるとコツッと音がする。針だけでいいの。錐（きり）ではだめなのと訊ねると、錐はお湯を牛乳に変えてしまうという。白い膜は一〇〇度をくぐり抜ける新体操のリボン。一本、二本、三本。白身が出てしまえば、ゆで卵にならない。

いやだ。なぜ二人の声が、ゆで卵にならないと重なるの。あんたと違う。違うけん！　もう一度叫ぼうとして、われに帰った。また生煮えの夢に包まれていた。

二〇一四年四月一日、朝八時。もぞっと夢は残っている。起き抜けの一瞬は塊（かたまり）なのに三分も経たないで液状化しちゃう。

世間は入社式だ。このパジャマ姿を見たら、母さんは叫ぶな。芳岡美春（みはる）。その緩みきった恰好は何よと。窓を開け放ってみた。用水べりの桜は満開。散歩しているお婆さんは桜の幹に手をかけて、何かを見つめている。

昨夜の夕食会も突然の開催。そのせいか、夢にまで尾を引いた。仲小路佳代子は米子の高校での同級生。川崎市での一人暮らしの境遇も同じ。「待ち人はドタキャン。料理届けるけんね」と昨日朝に素っ気ないメール。「明日はバイトの面接。でも午後だけん大丈夫」と答えた。

チリワインの赤と白を用意した。自転車で佳代子が運んできたのはサーモンのマリネ、野菜サラダ、タンシチュー、帆立のグリル。

「この豪華メニューでお待ちだったのね」。つい声が上ずってしまった。笑顔でかわされる。「バランスも最高よ。だれかさんと違って」。皮肉で返すと。佳代子は科(しな)をつくった。

一月末の夕食会では、バランスが変とのお叱りを受けた。食事。ファッション。住空間。暮らしの重要コンテンツは多いのに、重たすぎる本に埋もれているだって。

書架へのまなざしにかすかな敵意を感じた。卒論関係の学術書。東アジア鉄の文化史。中世史の研究書。戦後の企業実態調査などが並ぶ書架を見ての一言。隣の書架には佳代子の好きな本も多いのに。

この二ヶ月間、バランスを意識してみた。連絡は途絶えた。と思ったら、料理学校で恋人を作っていたなんて。「おめでとう。手早いのは料理だけじゃないね」とお祝いのメールを送ると、「なしてそげなこと言う？　錐揉み状態で悩むがん」と米子弁で返してくる。

昨夜は乾杯直後にリクエストした。まな板の上の彼を見せてほしいと。写真を見てもアイドル系で彫像にされちゃうタイプだとわかった。

「賢くて料理は天才的でも傲慢よ。俺で不満ならホウマツ君を紹介するって。意味わかる？」

漢字思い出せず。ダメ男という意味かな。

「ホイップよ。泡。料理では大事よ。選挙の泡沫候補は絶対に当選できない人」

「大丈夫かしら。佳代子に飽きてすぐ泡沫扱いにしないかしら」

話題変えようと真顔になった。地味すぎる服装。私にリニューアル求める定番の話題。何気ないしぐさと表情の豊かさも大事なのに。変わらない、変われない美春だって。いじられても美味に酔いしれていた。タンシチューは秘密のレシピ。まだ教えないという。


四月一日の世間は入社式。この日にバイトの面接とは出遅れている。一年前に文学部史学科を卒業して経済学部の聴講生になった。それ以来指導を受けてきたのが都筑先生。労働経済学の教授である。三日前にわざわざ電話をくれた。中小企業家をサポートする事務所がある。長年編集プロダクションを経営してきた知人が主宰している。就職先になるかどうかは別にして、気が向いたら話を聞いてみるようにと勧めてくれた。

オフィスGKⅢ(スリー)のホームページをすぐに検索した。土俵際からの経営再建、諦めない組織変革とのコピー。GKはゴールキーパー。守護神でありたいとの意味とか。連載コラム「ナオミンの突撃レポート」はボーイッシュな髪形の女性が執筆。軽妙な経営者訪問記だった。

午後二時、新宿の喫茶店で責任者の国友さんと会えた。ノーネクタイでビジネスマンとは違う雰囲気だ。勉強熱心な聴講生がいると都筑先生から聞いたのだという。関心の強いニュース。注目する企業。一ヶ月の自由時間をどう使いたいかと問われて面食らった。

「誤解されていますけど、アルバイトではありませんよ」

GKⅢとは三人のオフィス。三人目になってほしい。健康診断を経て、試用期間の三ヶ月を経れば正社員にしてくれる。初任給も高いので驚いた。筆記試験もなくていいのかしら。

明日から伺えると答えた。三鷹のオフィスを見学することになった。その夜、電話で実家へ報告すると、母は喜んでくれた。父は心配していた。大学教授には世間に疎い人もいるという。労働経済学の先生なのと言うと、口調はわずかに変化した。

＊

翌日、三鷹駅前の事務所を訪問した。九時半の約束なのに、八時四〇分には駅に着いてしまった。駅前通から路地を入ってすぐの雑居ビルの三階。オフィスGKⅢのプレートを見つけてスマホで撮った。部屋からTシャツにジーンズ姿の女性が顔を出すので驚いた。手には鉄アレイ。運動部系の迫力はあるけれど贅肉も多い体形だった。

「何の御用かしら」

「今度お世話になる芳岡美春です」

一〇歳ほど年上に見える。コラム執筆の人だろう。室内に招き入れてくれた。鉄アレイは一〇キロである。

「とても重そうですけど、片手で上げるのですか」

「両手じゃ重量上げよね」と微笑みながら、時には肉体労働をするという。居酒屋の雰囲気を変えようと荷物を運び、大工仕事も手伝うという。連載コラムが面白かったとお伝えした。

「昔の顔写真を使っていると言いたいわけね」

内心を読む力にたけている。名前は直島尚美さん。ガイダンスを始めてくれた。連載コラムには書けないことも多い。負の遺産。下請け企業の悲哀。経営陣の内紛にあふれている。

このオフィスは経営再建めざす中小企業家のサポート役。税務や経理、マーケティング、広告なども担当する。神保町の編集プロダクション翔の一セクションとしてスタートした。国友さんは心機一転で新分野での挑戦を試みたらしい。社長は弟に託して、創業時のオフィスに戻っての大胆な転身。当初は仕事に恵まれなかったという。

「そこへニューヒロインが登場したわけだ……。それが先輩なんですねと、微笑まないと。でも第一印象悪くないわ。美人すぎない点も評価しちゃう」

感情揺さぶる物腰の人。うかつなことは言えないな。お一人様経営者のよろず相談を発案。ホームページのリニューアル。飲食業界で大幅に契約を増やしているという。

出社した国友さんは早いねと声をかけてきた。携帯で打ち合わせを開始した。パソコンと事務所内の基本情報を説明してくれた直島さんはスーツに着替えて打ち合わせ先へ出かける。

国友さんは電話を終えた。言いそびれたことを喫茶店で話したいという。嫌な予感。一度の面接で試用期間スタートとは話がうますぎる。

事務所のはす向かいにある喫茶店には耳慣れないポップスが流れていた。気分転換によく来ているという。一番奥の席に座った。正社員採用は無理ですかと口火を切ってしまった。

「心配性だね。約束は守る。健康診断に問題なくて三ヶ月がんばれば、正社員になれますよ」

入社時から正社員のシステムはリスクあり。試用期間は必要でも、これまでは全員を正社員にしてきた。問題はその後であると言って、言葉を濁した。

「デリケートな問題をお伝えしたい。難しさもある職場。直島さんとうまくやってほしい」

新人の退職が続いている。プライバシーに関わるので内密にと国友さんは念を押した。恋人との破局から回復の途上にある。直島さんの心の傷に配慮してほしいという。

「魅力あるから彼氏いたのですね……。すぐに入社決まった本当の理由がわかりました。美人でなく、男性に縁がないからですね」

「違う。違います」

都筑先生に推薦されたと昨日と同じ答えの国友さん。色気ゼロで内定即ゲットしちゃったんだ。笑顔にはなれないな。間をおいてやっとフォローしてくれた。

「芳岡さんも魅力あります。でも今や部下の容姿をコメントできない時代なもので」

照れているのが、ちょっとかわいい。この点は近年神経を行き届かせているという。

以下もこの場限りと念押しした。破局の相手は中学の英語教師だとか。直島さんの猛烈な求婚によって、決断を迫られていた。諦めさせようと鋭い矢を放った。

「こんな二重あごの女と暮らしていけるか。その一言で心を抉（えぐ）られてしまった」

「ひどいですね。そんな失礼なことを言うなんて」

職場で英語の教師や二重あごという語は禁句だと述べた。先日は二重帳簿にも敏感に反応していた。デブ。だぶついている、すっきりしないという語感には要注意という。

国友さんは顔をしかめた。元恋人は旧財閥系企業の幹部社員の娘と結婚。中央線駅前の高層マンションの九階に住んでいる。早くも主任に抜擢されたなど、身辺の情報を得ている。

「ストーカーはダメ。お祖父さんも悲しむぞ。素晴らしい出会いがあると励ましている」

「深い傷を受けても、教育委員会や裁判に訴えられないんですか」

「うといんだね。教育委員会はこの手の問題に関わらない。弁護士も相手にしない。本人訴訟の道はあれど、訴状は書けない。社長さん、ぜひ飲みましょうというメールは得意だけど」

「被告の発言は偽りではないという判決が出たりして……」

国友さんは噴き出した。ありえない。そんな判決が出れば、裁判所は焼きうちにされる。絶対に挑発してはいけないと念を押した。

「この間、仕事に没頭してくれてね。ただ何人も病院送りにしている……」

クライアントに高齢者は多い。先日も飲み会の後、お別れに握手を求められて、相手の指の腱を切ってしまった。子ども時代からのプロレスファン。馬鹿力への自覚も薄いという。

「もしかして、セクハラだったのでは……」

「その事案もあった。爺さんに抱きつかれて、ベアハッグでしとめたと自慢していた」

相撲の鯖折りに似た技だという。先方の家族が激怒して契約関係は打ち切られた。

「セクハラは許されない。でも暴力もダメと諭している。敵の出方によっては実力行使も許される。本人はそう開き直っているけどね」

黙ってしまった私を前にして、国友さんは話題を変えた。遠慮なく疑問を出してもらいたい。多くの会社はその努力も怠って、人材育成にも立ち遅れているという。

「そうだ。仕事の一場面として質問してみて。初対面の経営者との対話という設定で」

場面転換にフィットできないな。身体も舌もこわばってきた。それに気づいてくれた。入社は決定済み。首と肩をまわしてごらん。相手の眼をしっかり見て、にこやかな表情で語尾まで言い切ろうとアドバイスしてくれた。第一問は自然に浮かんできた。

「編集プロダクションとして成功された理由は何ですか」

「飛躍する出版社との間の太いパイプ。それは決定的。その社からの要請に応え、自前の企画も立案する。企画力と優れた編集・製作力を持つプロダクションとして認知された」

「日頃からどんな努力をなさったのですか」

「一〇年後を意識して日々の仕事に励む。会社の会議はオリンピックではないと意識した」

提案できる者、意見を述べる者が会議に参加することを確認してきたという。

「経営面で重視した点は何ですか」

「堅実の一言に尽きます。社員を大事にして、甘やかさない点も大事」

有能で努力する人が現場を担う。仕事量や貢献度に見合う弾力的な賃金体系で運営する。

「社員の評価はむずかしいですか」

「特に貢献度はね。疑問を持つ人とはじっくり話す。全員一律の評価などありえない」

「順風満帆の会社を率いてこられた方が、なぜ別の事業を始められたのですか」

「会社は着実に成長した。バトンタッチは可能だった。最大の理由は、あと五年、一〇年働けるならば新しい世界に挑みたくなったから」

「ご自身の成功体験も伝えているのですね」

「違います。自分のことは語らない。相手の土俵で提言する。断崖絶壁に追い込まれている人をサポートしたい。そう思ってスタートしたけど、劇的なV字回復は多くないね」

「GKⅢという名前は、変わっていますね」

「高校までサッカー部でした。相談者の守護神になれればと思います」

ヘディングのせいで頭が禿げたわけではない。小柄だが得点能力は高かったという。

「三人しかいないので、すぐ試合に出てもらいますよ」

おどけて会釈した。上出来とほめられた。実務では、相手の話をデータで確認する。クライアントと対立して事業からの撤退や破産を提案する場合もあるという。

＊

その翌週の月曜日、神保町の本社に出社した。立派なビルの一室なので驚いた。総務担当者は富永さんという女性。健康診断で異常なし。今日付での入社という。社員に紹介してくれた。コンサルタントも身体をこわしたら元も子もない。どんなことでもメールをくださいと助言してくれた。全社員が集うのは新年会だけだという。

午後からは三鷹のオフィスでの仕事始め。ミーティング用のスペースは窮屈だった。新人が担う雑用はなし。九時以降は残業しないようにと国友さんは念を押した。

直島さんから現状報告。パンフレットなど宣伝物は絶好調。お一人様経営者のよろず相談も順調。長期のコンサル契約は厳しいという。国友さんも渋い顔になる。

「本社の仕事を増やして感謝されているよ。宣伝物の製作は神保町に任せているから」

パンフレットを何点か見せてくれた。ほれぼれするレイアウトで高級感もある。

「同時並行で多くの仕事をしてほしい。資料を読んで、何を提起すべきかを文章化する。芳岡さんは即戦力として期待しています」

銀縁眼鏡の下で、国友さんの細い眼は微笑んだ。過大評価だよね。都筑先生はどんな紹介をしてくれたのかしら。事務所会議は月二回火曜日の夕方。それとは別に毎月第三水曜日は社外で深夜までの定例会議あり。その出席も義務づけられているという。

初仕事はエッセーの校正だった。よろず相談の社長さんからの依頼。直島さんから手渡されたのは同業者組合の会報に掲載されるエッセー。気になる表現があるらしい。世界に誇るべき日本の遺産の一つとして、信心深い民に支えられてきた神の国と記されていた。

「日本は神の国という首相の発言に、その昔のメディアは大騒ぎしたんだよね」

初耳だった。私が一〇歳の頃のニュースだったらしい。知らないのも無理はない。

「八百万（やおよろず）の神という表現は、神道の言葉でしょうがよく使われますけど」

山の神、お地蔵様、観音様、神社仏閣など、この列島の神様仏様は民に支えられてきた。

「ヤオヨラズ、いやヤオヨロズか。むずかしい言葉を知っているわね」

「天皇への崇拝が国策として極度に強要されたのは明治期からと言われています」

「あっ、そう」。直島さんは呟いてから添付ファイルを送ってきた。画面上で誤字・脱字・表記の不統一を修正してという。校正の心得はある。全体を点検して直島さんに送り返した。

「いやだ。一〇分で終えるなんてすごいね」。多くの誤字を指摘できていると感心してくれた。

歴史を勉強すると、天皇に批判的になるのかと問われた。天皇に関心を持たずに歴史は学べない。それは間違いないと答えた。

「安心したわ。皇室に敵意を持つ人とは信頼関係を持てないから」

ストレートな人だ。理科系の出身で皇太子妃を始めとして皇室ファンなのだという。

二〇分後、外線電話を取ると四時前なのに素面（しらふ）とは思えない声が弾んでいる。

「なおチャン。俺だよ。何だよ。若返って他人行儀の声を出しちゃって」

「いえ。私はオフィスGKⅢ、新入社員の芳岡と申します」

「可愛い声をしているじゃない。あのおばちゃんはクビになったのかい」

「そのような兆候はございません」。戻ってきた直島さんに電話を転送した。

「何言ってるの。黙って辞めませんよ。嫌いな人と二人で飲みませんって」

昼間なのに艶やかな声。表情は次第に険しくなり、電話で話しながらメールを送ろうとしている。受話器をあごに挟む。しわは二重、三重ではない。肉の塊に埋め込まれている受話器からも匂い立つような色香。この魔力から逃れたくて、元カレは叫んじゃったんだ。


国友さんが戻ってくると電話を終えた。ペットボトルに口をつけてかすかに唸（うな）った。


国友さんに呼ばれて打ち合わせスペースへ。ぶ厚いファイルが置いてある。福井県のある町からの依頼。観光事業と地域の農産物販売センターの改革プランだという。オフィス奥のスライド式の書架へ案内された。学術書も多い。自治体関係の文献や資料も並んでいる。

「具体的な指針を示す仕事だ。当事者の危機感がまず問われているけどね」

二四時間以内に診断を示すようにという。高いハードルに挑むことになった。類似事案のファイルを参考にできる。地域独自の困難への認識と事業の総括が示されているかどうか。それも大事な論点だと知った。翌日A４三枚で提出すると、論旨の飛躍などを数多く指摘された。でも合格点という。いずれ現地でこの見立てとのギャップを確認してもらうと言われた。


駅前の居酒屋「おのぶ」を知ったのはその週の金曜日だった。先輩が晩ご飯をご馳走してくれるという。古めかしい店構え。女性客の多さに驚いた。先輩はカウンターに座ると焼酎をロックで飲み始めた。レモンサワーを注文した。

「日本語の能力が高いらしいね。歴史も勉強してドラッカーも読むなんて、八百万の神ね」

ちょっと変な用法でも、読み方は正しくなっている。

「このお店はなぜ繁盛しているんだろう。説明できるかな」

手書きのメニューが壁を埋めつくしている。駅前という好立地。それ以外の理由とは何だろう。

言いよどむ姿を見て、たえず観察せよと言われた。職場についても同じという。

「本社の温情で存在している。でもその礎を築いたのは国友さん、当分は安泰のはずよ」

本社勤務の適性はない。この仕事にこだわりたいという。高給に驚いたと伝えると、残業も半端でないという。コンサルタントは世間にあふれていて競争もきびしいらしい。

「国友さんとはどこで知り合ったのですか」

「職場でいじめにあった。辞めるときに紹介してくれる人がいた。何よ意外な顔をして……」

演劇経験が災いした。社員旅行の宴会でのパントマイム。上司の指名で断れなかった。

「どんな演目を振ってきたと思う。フォッサマグナ。糸魚川の出身だからって無理筋よね」

「もしかして、どろどろした溶岩流ですか」

「違うわよ。この列島に刻みこまれた深い溝。糸魚川─静岡構造線はその西の境目なの。東日本と西日本を分ける深い溝よ。二〇〇〇万年の歴史を持つ」

表現できるはずもない。火山噴火とは違ってイメージもできないという。いやだ。浴衣姿で座敷を走り回ったのかな。ここで再演すればグラスが床に落ちて粉々に割れてしまう。

「パフォーマンスは大成功だったんですね」

「満場爆笑。拍手てんこ盛り。社長は大喜び。一人醒めていた人はいたけど」

その日はヒロイン気取りで翌週から冷たい視線を感じ始めた。女性総務部長の敵意に満ちたまなざしで冷気の源を知ったという。格闘技系の気魄（きはく）こもる演技だったんだ。想像していると太い指が二の腕をまさぐってきた。思わずヒャッと悲鳴を上げてしまった。

「うかつだったな。社長と総務部長はかつて恋愛関係。ご高齢なので過去完了だった。時制としては終わっている。でも若い女性を讃える姿を見て沸々と何かがこみあげてきたんだ」

「先輩のパフォーマンスで、休火山は活火山に変貌してしまったのですか」

「知的な表現ね。軽い嫉妬も二晩で様変わり。二人の葛藤にまき込まれたんだ」

「渾身の演技で、フォッサマグナは露わになった。嫉妬は敵意へと変異した。先輩は逆恨みされたわけですね。でもエビデンスはあるのでしょうか」

「新人さん、それは必要ねえ。憤怒に満ちたまなざしが語っていたんだぜ」

ドスの効いた声。誰かの物まねだけど、知らない役者さん。この世は研究室ではない。理屈こねまわすなと言って、グラスを飲み干した。

「でも気に入った。女性として劣等感はない。なんちゃって。まずいね。そこまで言うとセクハラだ。取り消します。謝罪します」

高笑いの中で、ぼんじりの串を頬張ると肉汁は瑞々しい。こんな美味しい串は初めて。

「嫉妬から怨念へと進んだドラマの結末を教えてください」

「二人の火山活動を経て、溶岩流はこちらへ向かってきたの」

一ヶ月も経たずに、大阪支社への人事異動が出された。病身の母を抱えていて万事休す。公的機関に訴えるように助言してくれた人もいたが、退職した。その人は相談を兼ねてこのオフィスを訪ねてみたらとアドバイスしてくれた。

「あなたと同じよ。すぐに人がほしかった時期に出会えたの」

嫌な一件は忘れるべし。今後何をできるかを聞かせてほしいと切り出したという。

「口から出任せよ。演劇経験で人と人をつなぎます。笑わせれば関係性は深まりますって」

誇大宣伝が効いたのか。無事採用された。三鷹オフィスは面接だけで採用しているという。

「来週は例の会よ。三時で仕事終えて、国友さんの自宅で料理を作って食べるのよ」

毎月第三水曜日は夜まで会議があると聞いていた。例の会とは、産地直送の魚を料理して、食べて飲むだけ。職場の最も大事な会だという。得意な料理を聞かれた。

「うどんとかスーパーのお弁当とか食べているので」

呆れ顔になった先輩から肩をつかまれた。指先はハンマーのような衝撃力で悲鳴を上げた。

「凝り方が足りないわ。ここが鋼になっても働くのよ」

この人にあごで使われる日々は続く。いや。いけないわ。そんな言葉づかいをするとマットに撃沈されてしまう。妖しく見えてきた先輩の瞳だけを見つめていた。

＊

翌週の水曜日、三時前に全員が仕事を終えて、一駅先の武蔵境まで電車で移動。駅近くのマンション四階の国友邸ではお連れ合いの貴志子さんが温かみのある笑顔で出迎えてくれた。うがいと手洗いを済ませると、すぐに準備を始めるという。直島さんはマイ包丁を取り出した。砥石で念入りに研いでいる。大きな発泡スチロールには新鮮な魚が詰められている。

国友さんから名前を問われた。米子でなじみのある魚もいる。首都圏では入手しにくいモサエビ、知名度の低い赤カレイも届いていた。

「さあ新人さんのお手並み拝見。鱗取りでタイをお願いね」

直島さんに指示されて、金属のギザギザが付いた鱗取りを初めて手にする。先輩が一度手本を示してくれた。頭から尾までびっしり覆われているマダイからわんさかと取れちゃう鱗さん。この道具のおかげで順調そうだ。背びれ、エラの近くは念入りにと言われる。次の瞬間に指先の激しい痛み。尖っている背ビレが指に刺さった。

「大丈夫よ。誰でも経験する。血も出ていないはずよ」。迷わず進めと叱咤された。

次は赤カレイ。内出血したように白い皮に赤い線は浮かび上がる。肉づきのいい魚だ。鱗取りよりも出刃包丁が取りやすいという。魚は水浸しにしない。血や鱗は洗い流して布巾で水気を取る。まな板も清潔にするのが基本だという。

直島さんは出刃包丁でマダイの腹を割いて内臓を取り出してみせた。鮮やかな色に驚いた。次に包丁を突っ込むようにしてエラを取る。鉄アレイで鍛えた腕はたくましい。血合いと骨の間を歯ブラシでこすって水洗いしている。布巾で水気を取るとラップでくるんで冷蔵庫にしまった。続いてホタルイカの処理を貴志子さんから教わることになった。食感を考えて目とくちばしを取る。骨抜きを使って何とか私もやり終えた。

日本茶と大福で一息入れることになった。リビングのパソコンで、タイの裁き方の映像を見せてもらった。鱗取りの後に、内臓を出してエラを取って頭を切る。その後は三枚におろすために背からと腹からの包丁を入れる。流れるような手さばきである。

「もう覚えたかな」。軽口をたたく国友さんは今でも映像を見直しているという。ここで国友さんは前掛けを身につけた。貴志子さんが後ろから紐を結ぶと、ヨシッと声を出した。刃物を手にする際には精神を集中するのだという。包丁は入念に研いでおくらしい。

出刃包丁でタイの頭部を落とす国友さん。背と腹から包丁を入れて三枚おろしの完成。カレイは五枚おろしだ。魚ごとに骨の形状は異なる。包丁の入れ方は工夫を要するという。

その姿に思わず見入っていた。タイの大きな頭は潮汁。カレイの中骨は風干しした後で唐揚げにする。これは貴志子さんの担当だった。

タイとカレイの小骨を取るようにと指示された。小骨が多いと食事の興をそいでしまう。完璧に取るのはむずかしいらしい。ホタルイカを茹(ゆ)でてようやく準備は整った。


乾杯の時点でモサエビはまだ動いている。殻をとって口に含むと甘い。ぷっくりしたホタルイカはわさび醤油と酢味噌和(あ)えで味わう。赤カレイは刺し身とカルパッチョ。オリーブオイルと塩は魚を引き立たせている。

「鱗取り、大変だったでしょ」

貴志子さんはねぎらってくれた。直島さんに機先を制せられた。

「初日から魚に触れるなんてありえないのよ。掃除と礼儀作法で修業は始まるのだから」

お土産を渡し忘れていた。カバンから身欠きニシンを取り出した。北前船に関心がある。この船の積み荷からこれを選んだことを伝えた。直島さんはぽかんとしている。

「北前船って弊社の業務に関係ありますかね」

国友さんはうなずいた。自分は石川、直島さんは新潟、私は鳥取、貴志子さんは兵庫。全員の出身県が北前船に関わっていると指摘すると、直島さんは目を輝かせた。

「この際、オフィス裏日本に名前変えましょうか。ＧＫⅢって諜報機関の匂いがするから」

「裏日本はもう使わないさ。いっそのことオフィス北前、オフィスに来たまえとか」

自信満々なので二人はあきれ顔になった。

「この会でどうして魚を調理することになったのですか」。思わず尋ねてしまった。

貴志子さんはほほえんで夫を見る。その人は眼鏡の縁を押さえて、先輩に手を向ける。

「外で飲むと私が大騒ぎするから。国友さんはもう外では一緒に飲まないと宣言をした」

悪びれずに顛末を語ってみせる直島さん。

「魚を料理してみたいと常々思っていたのね。それから月例の会を始めたわけ」

貴志子さんによると、国友さんは魚の調理など一度も経験していなかったという。

「理想主義よね。魚食文化の継承なんて宣言しちゃって。我流でも魚さばくわけだ」

先輩はそう言いながら、各地の漁師や鮮魚店からの直送にこだわっていると教えてくれた。今日の魚は脱サラして鳥取で漁師になった人の定期便なのだという。

「魚をさばく時の直島さんは繊細になるんだ……」

先輩を茶化しながら、恰好の学びの場だと国友さんは語る。鱗一枚、小骨一つも見逃さない。季節の移ろいと海の変化を学んでいく。調理法も次第に豊かになってきた。

「なめろうでご飯と致しますか」

すくと立ち上がった先輩から見学せよと言われた。アジを手早く三枚に下ろして皮をむく。ぶつ切りにしてからネギのみじん切を合わせて叩く。出刃包丁の心地よい音。木のまな板は響き出す。右手は包丁。左手で糀（こうじ）を多めに使った味噌を混ぜ合わせる。指先で整えられて滑らかな質感になっていく。

＊

その数日後に父から電話があった。月末の東京出張が金曜なので翌日に千葉の佐倉で見学したい。その足で銚子にも行こうと誘われた。佐倉とは父にとって歴史民俗博物館。地域史や民俗学への関心で何度も訪ねている。武蔵溝ノ口で待ち合わせて行くことに決めた。

土曜日の早朝、車内では新しい職場の話になった。父は不審を抱き続けていた。コンサルタントは誰でも名乗れるはずという。その通り。どの業界にも専門家がいる。メガバンクや外資系出身者は権威がある。就職したオフィスはそれとは別世界。国友さんの関心事と愛読書まで伝えると、興味を持ったみたいだった。

「二ヶ領（にかりょう）用水の二ヶ領の意味も知らなかった人が、今や経営指導に当たられるなんて」

これだ。いつもの嫌みな語り口。数年前の失言は今も尾を引いている。

川崎市内で一人暮らしを始めた五年前。二ヶ領用水がアパートの近くだと伝えると喜んでいた。地域の農業と生活にとって不可欠な用水。江戸時代に一四年もかけて作られたことを教えてくれた。一〇メートル進めば一センチ、一キロ進めば一メートル下がるという緩やかな勾配だという。この用水を三人で見学したこともある。数年後の帰省で失敗しちゃった。

「あれ二ヶ領って、何のことだっけ」

にわかに表情が曇ったな。地域の歴史も知らぬ史学科の学生にあきれて、さらにもう一言。

「死んで数年も経てば、俺の名前も忘れられてしまう」

もう意地悪な人。それ以来、ぼろは出さぬことを心掛けてきたわけだ。

この日、博物館の展示を二時間以上も見た。先史・古代のリニューアルが楽しみだと父は語った。売店で大量の図録を購入して発送の手はずを整えていた。銚子へと向かった。可愛らしい銚子電鉄に初めて乗った。終点の外川で降りると、ひなびた漁港を歩き続けた。

夕食は昔訪ねたという魚料理の店。見事なお刺身を前にしても、何となく浮かぬ顔をしている。昔はさらに美味しかった。岩礁に棲む絶品の魚だとつぶやいていた。眼の前の魚よりも、記憶の彼方にこだわる人。スマホで検索して、もしやアイナメと尋ねると図星だった。魚に関心を持っていたのかとけげんな顔をしている。例の会の話をしながら、キンメの煮魚を食べた。父は煮汁をご飯にかけて食べていた。

夕食後、バスで市の中心部に戻るはずが定刻を過ぎても一向に来ない。暗闇の中のバス停は心細くてタクシーを呼びたくなる。心配しなくていい。来るものは来る。ぶっきらぼうな口調で言い放った。やがて闇を切り裂くようにしてその光は近づいてきた。

快晴の翌日は灯台で海原を見ていた。陽光は碧さを引き立てている。水平線まで何キロあるのかな。風は波をどう揺らしているんだろう。その時に隣からぽつりと一言。

「疲れているな。イビキでうるさくて眠れなかったよ」

意地悪な人。感嘆している時にそれを言うか。もてなかっただけあるな。でも体調の回復は嬉しかった。この六年でガンを二回患っていた。最初は胃、次は大腸。何とか回復にこぎつけた。

最初に快癒した時、母は夫婦での北海道旅行を提案したのに父は断った。友人に誘われて母は北海道に出かけた。留守番役の父から神戸への旅に誘われたのには驚いた。母には内緒という。有馬温泉のお湯に浸かった。神戸からは少し離れた場所でリッチな夕食を食べた。初めて黒ビールを飲んだ時に私はまだ二〇歳だった。

この日、銚子魚港近くでお土産の魚を求めた。父はマグロに魅入られた。上物に違いない。気が早いけど結婚の前祝にするとふざけたら、店員さんまで本気にしていた。マグロは好物ではない。血合いが嫌いだった。でも煮れば食べられると思い直した。

駅に到着してから凡ミスの発覚。特急の発車時間の勘違い。普通列車で長い車中になった。結婚の頃、学生時代、少年期へとさかのぼって父の話は休みなく続いた。

銚子でマグロゲットと佳代子に写真を送ったら、「煮たらいけんよ。そげな事やめないよ」との叱責。漬け丼にしようとの提案だった。夜駆けつけてきた佳代子は見事な赤身だと感服していた。絶品の丼を作ってくれた。父は魚を見る眼もあったのかしら。御礼の電話をすると、美味しいからと一気に食べてはいけない。婚期はさらに遅れるとの伝承をにわかに創作している。そばで耳を澄ます佳代子。笑い転げる時のくりっとした瞳は愛らしい。

この職場もクライアント優先である。連休中に都内周辺観光ツアーの依頼が二件もあった。先輩は高齢者と戯れるツアーコンダクター。見学場所での質問の回答を私に振ってきた。

連休明けにパンフレット発注の担当者に指名された。直島さんの依頼はいつも不正確。ＧＫⅢとして点検せよとの本社からの要請だった。製作担当者と相談して、発注の書式も見直した。

国友さんの指示で破産処理の仕事を垣間見た。一方では、雌伏を経て事業の再スタートを切った女性経営者の話を聞き、縁の深い印刷所を見学した。相談を受けている保育園、学習塾、スーパーも訪ねた。

直島さん担当の飲食店の何軒かは、国友さんの知り合いの農家から野菜を仕入れている。二人の人脈は数多く交差して、ネットワークも広がる。ささいな相談でもサポートを惜しまず、次の仕事につなげて有力なクライアントを探す努力を怠らないのだという。

七月初めの蒸し暑い土曜日。母からの電話で父の発病を知った。三度目のガン。今度は肺でステージも高いらしい。一年先を見通せるかどうかという診断だと聞いて呆然とした。

次の週末に帰省できた。母は外出中。ソファーにもたれている姿は以前と変わらない。いつも通りに話しこんだ。高校の時に憧れた陸上部の人との再会を提案しちゃった。

「あちらは覚えていないさ。三〇キロも太っていたら、何とご挨拶したらいいのか」

変わらぬ口調に拍子抜けしてしまう。

「あきらめないで。文科系学問と違って医学の進歩はめざましいと言っていたじゃない」

「素敵な看護師さんの前で言っただけ。この年齢では細胞の増殖は決して止まるまい」

一か月遅れの誕生日のプレゼントだと一冊を手渡してくれた。『馬耕教師の旅』[1]という書名に首をひねる。頁を繰っていくと線が引いてある。

「いやだ。読んだ本をプレゼントしてくれるのね」

「当然だよ。すばらしい本だから贈るんだ。タイトルもわからんだろう」

馬耕教師とは馬を使った耕起を実地で技術指導した人。この列島での馬は長らく高貴な人との縁が深い。庶民が気安く飼えた訳ではないらしい。馬耕の本格化は近代からだという。

「うちにも一人、末裔がいるけどな」

「うふふ。馬耕教師じゃなくて馬鹿教師ね。いやだ。何というユーモアなの」

「コンサルタントと違って実演する。鋤く技術が秀でていなければ信頼されないはず」

ある雑誌でこの言葉を知ったのは父の若き日。最近になってこの本が数年前に刊行されていたことを知った。雑誌では女性の筆者だった。単行本の著者は同姓の男性である。

「ご夫妻かしら。明治期以降の各地でのこの仕事の足跡をたどったなんて素晴らしいこと」

まずは良い土が必要。誰がどんな道具で土を耕してきたかは、重要なテーマだという。

「今度は負けるだろうな。仕方がないさ。最後まであがいてみせるけれど」

納得できる人生を選びなさい。ガンの検査は欠かさずにと初めて忠告された。


その二週間後の土曜日。直島さんのクライアントとの夕食会だった。昼前に部屋を出ると、ポストに父からのゆうメールが届いていた。その場で開封すると本と手紙だった。来週から抗ガン剤治療。来年は物故者かもね。来年分のプレゼントを贈っておく。これも書名読めないだろうけどね……。手紙を走り読みした。難しい書名だ。でもどこかで見た記憶あり。最初の一文字は、「お」かしら。憎まれ口を言えるうちは安心だ。ポストに戻して駅へと向かう。

残暑厳しい日々、素肌をむき出しにする女の子。艶やかさに欠ける者にはまぶしいほど。居眠りしそうになったら携帯が鳴った。二子玉川駅の手前。聞いたこともない声色は母さんの声。胸騒ぎがして、電車を降りてホームでかけ直した。

「もう、死んじゃうんだよ……」

「来週から抗がん剤でしょ。さっき本を受け取ったから……」

何を言い出すのかと問い質したら、父が交通事故に遭ったのだという。思わず甲高い声を上げてしまう。

すぐ駆けつけてほしいと言われて、軽い眩暈に襲われた。病人なのになぜそんなことになるの。ホームを闊歩する人々を避けて、やっとの思いで直島さんに連絡した。二子玉川駅から空港へと直行することにした。最後の挑戦をしたい。そう語っていたばかりなのに。母の携帯はつながらず叔母への電話で事故であることを確認した。

　それから数時間。言葉を交わす人もなく、鉛のような身体を引きずっていた。機内の冷房が身にこたえた。着陸を知らせる軽い衝撃。機内から出た地点で息を引き取ったことを知らされた。ガン治療で通う大学病院ではない。別の病院へとタクシーで向かった。


「お父さん、美春が帰ってきたよ」

　泣きはらしている母の顔はまた濡れる。底知れぬ感情の噴出した直後だった。先日と変わらず眠っているような父。外傷はないに等しい。指先で頬にふれて、事実を受け入れた。

「外出はダメと止めたのよ。買い物に行っている間に姿を消してしまったの」

　母は悔いていた。抗ガン剤の治療で読書はできない。本屋なら代わりに行くと言ったのになじみの書店へ向かった。自宅近くで道路を無理に横切った。頭部への衝撃で事切れたのだという。

　近所に住む叔母が頼みの綱だった。すべての手配をしてくれるという。母と父のそばから離れないようにと指示された。衝突した車に過失はなく、事故の検証は短時間で終わったらしい。家へ帰る車の中で母は嗚咽し続けていた。

　夜中に激しい雨は降り続いていた。この雨脚だとまた被害が出るだろう。ぼんやりと考えながら、父の顔を眺め続けていた。

葬儀には職場関係、同級生、地域史や民俗学の勉強会での友人が参列してくれた。国友さんと貴志子さんの姿に驚いた。佳代子も駆けつけてくれた。妹の真弓ちゃんと一緒である。

二年前の祖母の葬儀と同じ流れに従う。くずし字辞典、市史も棺に収めた。紫紺のハンカチを首に巻いた。二年前には遺影を抱いていた父。その遺影を持って火葬場に向かった。

翌日、叔母と二人で事故現場に向かった。多くの花が供えられていた。事故のあった土曜日は雨だった。傘で視界は狭められていたはずと叔母がくりかえした。

土曜日の夜、一週間ぶりに川崎へ。取り乱してよいのは母だけと、その思いで何日も堪え続けてきた。機内で眼を瞑（つむ）っていると神戸への旅が蘇ってくる。新神戸駅で別れる間際に、ゴミ箱の前で立ち止まった姿。パンフレットやレシートなど旅の証しを投げ込む恐妻家さん。

着陸寸前、東京湾の洋上の明かりがぼやけている。二ヶ領用水のような勾配でいい。どこかで締めくくられる人生。それまではまだあの憎まれ口も聞けると思っていた。遠出はむずかしくても米子をじっくり楽しもう。米子城跡のてっぺんまで登れなくても、弓ヶ浜を歩きながら砂州として美しい曲線を描く弓浜（きゅうひん）半島の来し方を話してもらえると思っていたのに。

一週間ぶりの部屋は熱気で破裂しそうだ。外気を入れても私は抜け殻のまま。父からの郵便物を再び開けずにガムテープで梱包してしまった。佳代子にメールした。その返事に米子弁はなかった。床に就いても二ヶ領が気になってくる。稲毛領と川崎領。今ごろ頭にこびりついて離れないなんて。気持ちの昂ぶりはいずれ反転する。それを覚悟していた。

*

月曜日は久方ぶりの職場復帰だった。四ヶ月前に戻ることを心に期していた。一本の電話と日々会う人を大事にしたい。仕事から学べる。忙しさに支えられたいと。そう思うしかないと前夜心に期していた。二日間、何も手につかずに母との長電話を続けた。忘れ物をしないようにと先生の口ぶりになった。母もまた職場でのあいさつ回りから日常を取り戻すという。誰もが同じことをする。何も考えずにそうするのだという。

一〇日ほど経った日の朝、昨夜は何を食べたかと先輩から尋ねられた。コンビニのおにぎり一つと答えると、顔色が変わった。

「やつれているよ。倒れてしまうよ。しっかり食べないと」

食に関心を持たない人は、飲食店の仕事はできない。三食の写真を見せてくれた。品数も豊富。ボリュームもありすぎる。エンゲル係数高いなと思いつつ、すばらしい献立と讃えた。

「全部買うはずはないわ。献身的に仕事すれば返礼品もあるから」

食に金を惜しむなという忠告だった。書籍代など今の半分に削れる。粗末な食事をしていると、身体に影響する。丈夫な子を産んでほしいだなんて飛躍しすぎているけど。

大きな手提げ袋を差出してくれた。食べ物かなと思ったらビデオだという。話題は次に移っている。昭和のプロレスラーの映像。この件は、国友さんには内密にという。趣味を同僚に押し付けるなと何度も叱責されてきたらしい。

この日から買い物に時間をかけるようになった。直島さん曰く、贅沢は不要。納豆、卵、海藻、ゴマ、ブロッコリー、鶏の胸肉を常備菜にして食生活を改善できるという。佳代子からも同じことを言われたけど威圧感あるアドバイスは効き目あり。

プロレスには驚かされた。筋骨隆々としたレスラーさん。その発するオーラと熱狂する観客のボルテージ。こちらの息づかいも荒くなってくる。イヤだ、止めて、死んでしまうと、あられもない声を発してしまった。父さんとは違う。皮肉や嫌みとは無縁の人たち。胸板の厚さ、鍛えこまれた腕と脚。こんなに屈強なら、衝突しても車が壊れてくれるはず。直島さんに面白いと伝えると、次々にビデオや本を貸してくれた。レスラーの名前も覚え始めた。

部屋に戻ると沈み込んでいた。読むのが苦痛なのは苦手な会計関係ではない。好きな分野の本も読み進められないとは初めてだった。佳代子が心配して訪ねてくれた。もう彼とは別れていた。その質問もしてあげられなかった。

職場では別人格になっていた。先方の土俵でサポートすることの難しさを痛感する。万能の処方箋はありえない。失敗は許されないので必死だった。

一一月最後の日曜日、久地(くじ)の円筒分水に行ってみた。前日の電話で母が話題に出したのだ。用水に沿って駅と逆方向に一五分歩くだけ。大学一年の時に両親と訪れた場所である。その時、母はいたく感心していた。水辺の豊かさを感じられるこの地点で、四方向の用水路に水は等分に分けられていく。その不思議に驚いたのは当然だったと思う。

江戸期からの分量樋(ひ)では水を均等に配分できなかった。新たな知恵とはサイフォンの原理を応用する。新平瀬川の下をくぐり、再び吹き上がってきた水を円筒の切り口の大きさによって、正確に区分していける。父はそのしくみを説明していた。

水の流れ方を母は尋ねていた。流心と流れの端。勢いはどう違うのだろうか。父はその数式など知らない。農民にとって水は命。各地での深刻な水争いについて語ったのだろう。

もう五年も前だった。親子連れは今日も水辺にたたずんでいる。小鳥たちも戯れている。

あの日、父さんは饒舌だったな。分量樋に代わって戦時中に造られた円筒分水によって、二ヶ領用水は地域の農業にさらに貢献した。それから七〇年以上の歳月を経て、用水の意義はすっかり減じているけれど、往時の輝きは否定できない。在りし日をたどるのは興味深いと語っていた。学界にも関わらず、ただ史料と歴史遺産に関心ある一人としてこの用水を見つめていた。その数年後に娘に失望したわけだ。わざと意地悪に演技していたのは確かだけど。

部屋に戻って、あの日の郵便物を取り出した。曲者（くせもの）の書名を一瞥した。いやだ。背にはないけど、表紙にはルビが付されている。苧麻（ちょま）。そうだ。誰もが読める言葉じゃない。中世史の講義で前近代の三大衣料原料の一つ、カラムシだと教わったんだ。その記憶も蘇ってきた。高名な歴史家の遺著を父は贈ってくれた。著者の没後に刊行されたその本に十数年経って出会った。芳岡憲秀が最後に読んだ一冊、最後に書いた手紙かもしれない。

「馬耕教師、二ヶ領用水、そして今回の苧麻。どのテーマにも必読の書物や史料がある。この本の著者の薫陶を受けた若者たちも長らく学界の重鎮。現代史にも愛弟子がいる。学びの森は美しい。迷子になるほど鬱蒼とした樹々。各分野の真摯な学究は水源の豊かさを示している」

珍しく生真面目なタッチ。でも最後は父らしい。「一生懸命学んでも美しく魅力的になれるという保証はないよ。別問題だもの。でも昔より前進した。この一冊で服装にも関心を深めなさい。とどのつまり、健闘を祈る」

ひくっとした笑いが込み上げてきた。『苧麻・絹・木綿の社会史』[2]を手に取った。博引旁証で密度の濃い内容に驚かされた。藍についての叙述に鉛筆で傍線が記されていた。赤や黄は好まず、藍や紫が好きな父らしかった。

翌朝、出勤してきた国友さんに喫茶店に誘われた。一つ相談がある。一ヶ月の研修制度を始めたいが本社では誰も希望者がいない。まずGKⅢからスタートしたい。トップバッターになれないかという打診だった。まず先輩からですと言うと、苦々しい表情になった。研修先として宮内庁を希望して譲らないという。妄想だと切り捨てて微笑んだ。ただ父の逝去から日も浅いので開始時期は可能な時にという。その点は大丈夫ですと答えた。

出版社での研修だという。この制度の趣旨がまだ理解できていないことを補足した。

「そりゃ。仕事だけでは世界は狭くなるからね。違う空気にふれてほしい。その一点だけ」

「一ヶ月も出版社で本づくりを学ぶのですか」

「違うよ。編集実務ならば本社のベテランから学べるさ。ヒアリングが目的。この深刻な出版不況の中で、いかに困難を乗り越えているかを取材したい」

「コンサルタントの視点で、飛躍している会社のサクセスストリーを学ぶわけですね」

「その理解でよい。ただ何をもって飛躍とみなすかは各人の価値観次第だけどね」

先方は経営改革の指針など求めていない。税務の専門的な知識は不問。話だけを聞かせてくれる。こちらにも義務はない。一人では大変だからオフィスとして取材をバックアップするという。

二〇代の時に国友さんは大手版元研究会に参加していた。前途洋々である大手版元の情報を得て、人脈を作ってから編集プロダクションを創業した。その時の資料も役立つという。

「GKⅢの売り上げには全くつながりません。それでも構わないんですね」

その通りだと微笑んで、古びた一冊を手渡してくれた。有名出版社の創業者の評伝[3]という。

「まずこれを熟読してみて。『君たちはどう生きるか』[4]で有名な吉野源三郎について勉強を始めてほしい。開始できるとしても年明けだろう」

岩波茂雄。有名な版元の創業者の方だという。なぜこの本を読むのかしら。国友さんは伝票を手にして腰を浮かせた。

＊

新年の三週目の週末。直前に帰省を伝えると、正月に帰ったばかりなので母は驚いていた。

羽田からの機内で、リンドウを愛でていた父の姿を思い出した。藍や紫は好きだった。なぜあの漬物だけは嫌がったのかしら。母もその思い出を語っていた。高級旅館の食事でも明礬（みょうばん）の利いた鮮やかな藍を避けていた。天ぷらや焼いた茄子は大好物な人。なぜ漬物だけは嫌うのかしら。謎は解けぬままだった。

一月前よりも、母は元気を取り戻している。叔母たちも毎日のように通ってくれる。窓を開け放ち、掃除を済ませて夕食をともにする日も多いという。花瓶には水仙が二輪生けられていた。中学校時代の恩師のお連れ合いのお通夜へ出かけるという。

リビングのソファーは昔からお気に入り。母よりも大きい娘が寝そべると両親には目障りだったかな。「身体は立派なお嬢さん」と嫌みを言う父。「お腹出さないの。他人の眼を意識しなさい」。中学の国語教師である母は、隙の多い娘を案じていた。

中学一年の夏。寝そべっている姿はまるで海馬（とど）と父に冷やかされた。それが海の巨獣であることも、独活（うど）の大木という言葉も意味を知らなかった。国語辞典で調べさせられた後に、父に促されて書庫に行った。驚きのプレゼントを手にしたという。見慣れない辞典が本棚を占拠していた。国史大辞典と日本国語大辞典。高齢者施設に入る恩師からだという。日本国語大辞典の海馬と独活、国史大辞典の出雲大社の項目を調べさせられた。この日が節目になった。父の蔵書で、古代史や中世史などに興味を持ち始めた。読書と調べものだけは好きになった。

帰省の目的は母に明かせない。書庫を見に来たとは言えなかった。母が出かけると手帳を持って落ち着いた空間に入った。簡単な作業を試みる。最上段だけは脚立（きゃたつ）を登った。一段下からはたやすかった。確認するのは本の背だけ。視線は書棚の左から右へ、下の段を左から右へ、ゆっくりと同じ動作を繰り返す。版元名を確認した。

まず蔵書であの出版社の占める割合について。母は大ファンと公言していた。良書を刊行する出版社への敬意かしら。父は母に辛辣だった。権威に依存するタイプ。最近は本など読んでいないのにという。自分は版元の権威だけで書物を選ばない。ただ影響を受けた書物においてあの社で刊行された本の比率は高いと認めていた。

もう一つの調査は面倒だ。未知だった海外の知識人。一九六〇年代の若者たちに影響を与えた教祖的な思想家たち計五〇人以上のリストと照合する。両親の蔵書にどの程度あるのかしら。

リストアップは一夜漬け。手元の二冊の本からの抜き書きがほとんどだった。母の蔵書にはないだろうと思ったら、カミュ、サルトル、ボーヴォワールなど何人もいた。苦労したのは父の蔵書。はるかに膨大な冊数で民俗学、歴史学が多い。地方史も米子や鳥取県内だけでなく、山陰から全国へと及ぶ。社会教育関係や博物館の図録も多い。探すだけでも苦労した。手掛かりにした二冊の本の著者は父よりもさらに年長で関心テーマにも隔たりがありそうだ。

書庫の一角をガン関係の本が占めていた。冊数が増えているのを確認して書庫を出た。リビングに戻って、ソファーにもたれながら明日からのスケジュールを確認した。

来週からの研修は極秘事項である。都築先生や親友にも内密にせよと国友さんから言い渡されていた。もし母に明かせば、面接指導を始めかねない。まずは恩師の思い出。茄子の漬物を嫌った父へと話題を滑らせていこう。あの会社に通い始めるのは四日後に迫っている。


一九一三年に創業された出版社。業界ではさらに歴史の古い社も珍しくない。それでもこの社の存在感は創業直後から明らかだった。漱石や幾多の哲学者を始めとした書物で頭角を現し、昭和初期には文庫や新書の創刊で一挙に知名度は高まった。アカデミズムの精鋭による意欲作。学界の威信と連動した企画で戦前から存在感を誇っていた。総合出版社としての風格ある歴史。二〇世紀に輝いた著名出版社の一つである。

一気に説明したのは国友さん。一月八日の午後だった。その日の午前、その社の役員会でついにGOサインは出た。最終的には一四日の水曜日、臨時の全社会議で確認される。一月二一日から二月二〇日の一ヶ月間。オフィスGKⅢの研修を受け入れてくれるというのだ。

「なぜ超有名な会社で研修できるのですか」

「偶然が重なっただけ。詮索してはいけない。そんな暇があれば準備に専念してほしい」

きびしい口調になった。オフィスGKⅢとして関わる。責任者は私。労使関係に注目して、戦後の軌跡をたどる。今日から他の仕事は中断して、態勢を整えようという。

「事前に勉強会を設定して質問も準備する。創業者の評伝はもちろん読み終わったね」

「煩悶する姿は印象的でした。ただのエリートさんじゃないと思いました」

創業の一九一三年とは大正期の初め。未知の時代の鼓動を感じとれた。青年期から葛藤と模索を続けた創業者の挑戦。一九三〇年代の激流は出版界を揺るがした。一方、吉野源三郎さんはこの会社についてくわしく書いていない。

そう報告すると、大手版元研究会のノートやレジュメも渡された。関連資料も託されているという。ただまず確認すべきは社史だという。刊行書の目録としての性格が強いとはいえ、社内の重要事項は記されている。新刊案内で最近の刊行物も頭に入れたいという。

変化球だと言いながら、二冊を手渡してくれた。名だたる編集者だった二人のＯＢの著書らしい。一冊は先々代の社長。編集者としての足跡を記した。[5]もう一冊は団塊世代の編集者による破天荒な青春記[6]という。仕事の足跡や自伝を上梓できるとは恵まれた人たち。この社だけでない。どの出版社にも化け物のようなインテリや趣味人がいるらしい。団塊世代の一冊は入社以前が白眉で大都会の高校生の早熟と博学に国友さんも恐れおののいたという。

「もしや表紙のこの方ですか。鋭く尖ったあごですね」

タイトルによって目元が隠されている人を指すと、国友さんは否定しなかった。知性も尖っているとのこと。歴代経営者に痛罵を浴びせているらしい。すぐに読み始めたが、どちらも初めて出会う世界だった。翌日、国友さんが不在なのをこれ幸いと読み続けた。毒気に当てられる。書物全盛期の飛びぬけたエリートの方々。にわかに実家の書庫が懐かしくなった。両親の蔵書とくらべたくなってしまった。

第一日　爆笑した専務はその昔

一月二一日、午前一一時、ＧＫⅢの三人は岩波書店に到着した。地下二階の大きな会議室では、接待の女性がお茶とおしぼりを出してくれた。しっかり暖められているおしぼりを頬に当てている直島先輩。珍しく緊張しているようだ。

「破格のインテリでも気さくな人。合意しているから心配はいらないよ」

国友さんの声に重なるように、軽いノックとともに専務さんは入室してきた。入口で会釈すると、初対面である二人に歩み寄って挨拶してくれた。

「宮備と申します」。白髪も目立たず身のこなしも若々しい。早速本題へと入っていった。

「今回の決断は、一〇〇年以上の社の歴史で初めてです。メディアの取材は日々受けており、会社見学も受け入れています。別の要請ゆえに熟慮致しました」

宮備敦彦専務の表情に心なしか固さは残っている。

「学術研究とは言えない。特定企業への便宜を図って良いか。役員会で疑問は出されました」

労働組合からも、同様の指摘を受けたという。従来は何の縁もない企業。そのヒアリングを許可することに違和感を持つという趣旨だった。

「当然の疑問ですので議論を重ねました。その上で……」。シャープな一言は品格ある響き。

「決断致しました。御社の要請は粘り強かった。プレゼンテーションには同意できない点もあり、困惑する局面さえ存在していました。その一つとして……」

「もう致しません」

さえぎるように国友さんは平身低頭した。直島先輩まで頭を下げている。私のために無理難題を主張してくれたのか。もめた点があったのかしら。ざわわと胸は揺れる。

「奇矯な一言がありました。押し問答の際に、「たとえパンツ一丁になっても……」と要請された。油断禁物である。ここで妥協せねば憂慮すべき事態に陥ると思いました」

エッチで軽はずみな一言。つい国友さんの姿を想像してしまった。

「まさに「理外の理」という心境です。時には理屈を越えて、決断する局面はある。喧嘩別れをすべきではない。御社の将来を担う、芳岡美春さんの研修として了承した次第です」

「謹んでお受けいたします。コンサルの名誉を汚さぬよう精進します。本日はありがとうございました」。どこかで聞いたセリフ。思わず頭を下げてしまった。

「それでは未来志向で話を進めましょう。まずは取材に応えられない四点について」

専務さんは私に視線を向けて話し始めた。

「第一に財務・経理に関わる全データ。経営問題に関わる重要情報。第二に著者関係。第三に業者、社外スタッフとの契約に関わる情報。第四に取次・書店との関係性に関わるデリケートな情報。大前提として社員のプライバシーや人権の侵害は固くお断り致します」

「ほとんど全部について取材はダメなんですね」。直島さんは不満そうだ。

「コンサルタント事務所への要請として忸怩たる思いはあります。ただ社内での合意を得るためにも必須の条件でした」

「了解しております」。国友さんは異議ないことを伝えた。

「その上でもう一点。これはお願いです。弊社内での記憶は秘匿していただきたい。敢えてストレートに申し上げれば、口外せずに墓場まで持って行っていただければ幸いです」

「何を恐れているんでしょう。記憶を凍結しろとは、独裁者のようなご発言ですね」

直島先輩の声は抑え気味。でも剣山のような一言になった。

「お言葉を返すようですが、ヒトラーやスターリンは夥しい人間を殺戮しました。記憶の凍結はずっとステージ低めです。「指切りげんまん」的な約束とお考えください」

「専務さん、ジョーク連発ですね」。国友さんの表情は苦みを帯びていた。

「皆さんは信頼しています。ただこの社に恨みのある人間。カネのために手段を選ばない文筆家もいます。油断大敵です。現政権の下で、敵意を強める人も多いことをご理解下さい」

「高まっているのは敬意ではないですか。素晴らしい会社との表現も許されませんか」

国友さんは皮肉混じりの口調になった。

「その視点での報道はトラック何百台分もある。屋上屋を重ねていただく必要はありません」

宮備専務はクールな口調で一蹴した。国友さんは再びうなずいた。

「了解です。記憶を凍結させます。不義の密通と同じで墓場まで持って行きましょう」

「いや。不義密通との表現は校正者からも疑問が出されますね。この語の歴史性はともかく、その語で愛を貶めてよいのかと。そもそも秘められた愛について、やったぞ。今日も成果を挙げたぞと世間に誇示する人はいません。御社の良識を信頼しています」

憲法二一条、表現の自由を尊重する。自由な言論を抑圧する訳ではない。何度も強調しているのが印象的だった。

「今日の専務さんはさえまくっていますね」。直島さんの反応に専務さんも笑顔でこたえた。

スタッフ三人の紹介と私のメールアドレスは午後から社内で回覧する。先方から依頼あった場合のみ対応するようにと明記することが伝えられた。

予定時間になった。二人は次の仕事へと向かう。四人で一階へと向かった。玄関を出る際に国友さんは未熟な娘を預けますと軽口をたたいた。専務さんも軽い調子で応えている。

その時、階段の上に高齢者の姿を見出すと、専務さんの様子は急変した。玄関を飛び出す。

「I先生。先日はお世話様でした。お足元は大丈夫ですか」

著者の先生だろうか。手すりにつかまらずにしっかりとした足取りで階段を降りてきた。

「こちらのお嬢様は……」。その一言に軽く会釈した。

「今日から一ヶ月間、労使関係についてヒアリングをしてくれる事務所の芳岡さんです」

「ホーッ。ヒアリングですか。労使関係とはね」

「経済学者のI先生です。もう六〇年以上お世話になっている。理論経済学の先生です」

「お名前はかねてより……」

全然知らないとは言ってはいけないのだろう。専務さんの丁重すぎる応対を見ていると、深々とお辞儀すべき方なのだ。先生に寄り添って受付を入る専務さんに続く。受付の花瓶の花はまぶしいほど輝いている。先生に名刺をお渡しして、窓際の席に三人で腰を下ろした。

ケインズ、ガルブレイスについてのお仕事も著名だと、専務さんが教えてくれた。

「労使関係について取材するとは、どういう視点なのですか」

大先生の一言に緊張してしまう。とんちんかんな対応をするなと直島さんから釘を刺されていた。

「吉野源三郎さんが初代委員長を務めた労働組合にも注目しています」

「吉野さんは仰ぎ見る人ですね。その昔、私はこの組合と緊張感ありましたけど……」

返答できない。『君たちはどう生きるか』を受け継ぐ本も書かれたと専務さんは助け船。[7]

「この社の本でも評価できない本は遠慮なく批判しますよ。この社をただほめちぎるという知識人は多いけど、私は違うんだ」

労使関係はむずかしいテーマという。経営学、社会政策、労働問題、労働法からのアプローチ。企業分析、産業分析、労働組合の考察も必要という。

「生々しい主題です。経営とは生身の人間にも関わってくるわけで」

先生は奇妙な執筆依頼を受けることがあるという。

「人間を描く本を書いてくださいとの依頼なんだ。テーマを尋ねてみると、戦後知識人の奇人変人列伝、天才エコノミストの二重人格など。一瞬心は動きますが断ります。学問の高い峰を批判し論評すべきですから。経済学者の東西酒乱番付などは活字にしたくもない」

その時、先生が片手を挙げると、一人の社員が近づいてきた。私たちは先生にお辞儀してその場を離れた。受付でサインして何かを受け取った専務さんはお昼を食べようという。

「社員食堂にご案内します。社員専用ですが今日だけは特別です」

地下一階の食堂の入口。社員以外の利用をお断りするという掲示に気づいた。中に入ると何面もの掲示板に印刷物が貼られている。立ち止まって読む人もいる。食堂は空いていた。定食が二種類、カレーもあるという。私は定食にした。専務さんはカレーだけお盆にのせて、席を探そうとしている。小鉢はいいのかと問いかけるとほほえんでお盆に載せた。

空いている席に座ると、大盛のごはんをよそった大柄な人がすぐ隣に着席した。

「もしや今日からの研修の方かな」。にこやかな笑顔になった。今日は何の日か。ホームページで出版物を紹介しつつ博覧強記の記述をしてきた人だと専務さんが紹介してくれた。

「国内の方の研修は初めてですよね。職場でも話題になっています」

友だち同士のように専務さんと話し始めている。定食は和風ハンバーグ。野菜も多くて小鉢は豆と海藻。栄養価も高い。その時、湯呑み茶碗を手にした年輩の大柄な男性が眼の前を通った。何気なくその姿を追うとジャーの前に立ち、小さな茶碗にごはんをよそった。心温まる場面。丼でのおかわりではなく、もう一口だけ食べたい時もある。緊張感は和らいだ。

「どうですか。お口にあいますか」。専務さんは問いかけた。

「おいしいです。献立も理想的ですね。一食でいかほどですか」

「秘密です。三〇〇円よりもはるかに安いです。これぐらいご馳走しますから」

二〇〇円台とは信じられなかった。一時を過ぎているので社内を一巡することになった。

七階まで上がって、下へ降りていく。辞典部では国民的名声を持つ辞典の原本にびっしり付箋が立てられているのに驚いた。校正部ではゲラを前にした二人ずつが何組もうち合わせをしている。新書編集部では、ロビーでお話を聞いたI先生が小柄で麗しい女性編集者と話している。私に気づくと手を挙げてくれた。

＊

地下二階の会議室は午前とは別の部屋になった。事前に提出していた読書アンケートを見ながら、専務さんはコメントしてくれた。

「学術書も含めてしっかり本を読んできましたね。感心しました」

文学部でも経済学部でも良い先生に恵まれたこと。歴史への関心は、市史編纂に従事したこともある父の影響がある。父の現在を問われて、五ヶ月前に逝去したと述べると、専務さんは驚きを隠さなかった。父より一〇歳以上も年上だという。

「お父上は歴史研究者になってほしいと期待されていませんでしたか」

「ありえないと断言していました。辛口な人でした」

出雲大社も知らずに、この国の歴史を語れるか。著名な学者に頼ってばかりで史料を読まず、地域も歩かない。そんな姿勢では歴史を学べるはずがない。父の口癖を紹介してみた。

「ちょっと耳が痛いですね。編集者は偉い先生につい頼ってしまう。網野善彦氏の本で、どう描かれていたかという会話をしがちです」

「網野先生の本は好きです。日本という二文字を意識し始めました。読み方はニホンかニッポンかも気になります」

宮備さんは出雲大社も訪れたという。山陰では鳥取市との縁が深い。お世話になった著者のご家族との近しさを物語る意外なエピソードを教えてくれた。すぐに話題は出雲大社に戻り、以後の流れに驚かされることになった。明治維新後の廃仏毀釈と国家神道の歴史について解説。仏教伝来以降の宗教史にも精通している。宗教や歴史の専門家なのかしら。

長らく新書編集部に在籍していたという。好きな新書を尋ねられて、半世紀以上前の『漂海民』[8]と答えると驚いていた。編集部で話題になった記憶もないという。青版新書の歴史物についてしばし話題になった。

「古い単行本ですが、和辻哲郎の『風土』[9]を高校時代に読んだのですね」

先生に薦められたけど読みにくかったな。宮備さんは『古寺巡礼』[10]も愛読したという。

「でも別世界ですね。中世史を学んだ後で、なぜ労働経済学を勉強しようと思ったのかな」

『職場の群像』[11]に驚かされました。戦後初期は今から想像できない時代だったのですね」

その自動車会社について、どの点に驚いたのかと問いかけてくる。

「後の時代のベルトコンベアの労働現場ばかり意識していました。労使関係や労働組合に関わるセクションがあるとは新鮮でした。登場人物も知的で魅力的でした」

「この著者、上坂（かみさか）冬子さんの仕事を高く評価していますか」

この本だけしか知らなかった。やはり有名な人なんだ。


「進路を模索された上で現在のお仕事ですね……」

教員試験の準備に立ち遅れ、出版社も大学院も不合格。それは黙っていよう。

「事務所のホープとして期待されているわけですね」

三人のどんじり。せめてぼんじりのように愛されたい。

「この会社の労使関係などに注目して、どんな意味がありますか。正直ぴんと来ません」

この問いだけは突破したい。そう思って何度も練習してきた。

「御社の労使関係は日本社会でも特別な位置にあるという仮説を持っています」

専務さんは無言で次の一言を待ち構えている。

「多くの企業では三つの点を意識しますね。第一に、パートや派遣労働者の比率を高めて正社員を削減する。第二に、査定の強化で従業員を選別する。第三に労働組合の力を弱める」

「主要産業ではその観点で労使関係を整えてきたという見方ですね」

「御社は常識を拒んだ。非常識というよりも気高い理想を実現させた社だと聞いています。一九八〇年代でも派遣社員は皆無、アルバイトも少数。ほぼ全てが正社員で差別のない労働条件を獲得した。出産・育児のための条件も整い、両性が定年まで勤務するのは当然でした」

「その三点はその通り。鉄鋼・電機・自動車などの巨大な業界と小さな出版産業では次元が異なります。この社もきわめて小さい職場ですからね」

「その昔は指折りの高給だった。あの新聞社よりも高給だった時期もあるとか」

「それは昔も昔。大昔。一九六〇年代後半のごく短期間のみ。その後はレベルが違います。労働時間は短いですけどね。定時は九時から四時一五分ですから……」

八時間に達していない。不足分は五日間のどこかで余分に働くしくみらしい。

「同業他社からも、労働貴族だと見なされていた時代があると聞きました」

「そりゃ、隣の芝生は青く見えますよ。入社当初は私も四時半から囲碁をしていましたが、終わると仕事に戻りました。当時も夜中までの仕事は珍しくありません」

「長時間労働の方も、定時で帰宅する方も同じ給料。そこに国友は驚きを感じたらしいです」

「メディアだってそんなことに関心を持ちませんよ。労使関係は内輪の話題ですから」

ここで沈黙してはいけない。メモに目をやった。

「労使関係と社会との関係性を意識したいです。この会社は二〇世紀日本の学問や文化、民主主義と響きあう出版界の名門。その昔、この労使関係で良いのかと国友は思ったそうです」

「さようでございますか」。冷ややかな口調になった。

「ロングセラーの宝庫でも毎年すごい刊行点数ですね。とても不思議に思えます」

「編集者に意欲がなく、企画力が落ちれば新刊点数は激減します」

年間七〇〇点を超えたのは一〇年ほど前まで。この間は改善されてきた。真剣に考える人ほど悲観論に傾きやすいのだと専務さんは説明している。

「その昔も石油は枯渇すると断言する人は多かった。成長至上主義への批判は正しいですよ。でも石油は今も枯渇しておりませんね」

「石油と同じで企画は無尽蔵に出てくるのですかぁ……」

「意地悪な人ですね。無尽蔵ではありませんよ」

「すみません。何も知らないのに」

ペチャと指先でおでこをたたいた。このしぐさは可愛いと直島さんに評価されていた。


「一五〇人に満たない会社。社員は労使関係論には疎くても、本作りには情熱があります」

本づくりへの関心を問われた。エディタースクールで校正の基礎を学んだ。印刷博物館は大好きで印刷所や製本所も見学した。『本ができるまで』[12]は参考になると答えた。

「本作りではなく、なぜ労使関係の取材を希望されるのですか」

「本作りを一ヶ月で会得できません。何よりも経営改革に関わるオフィスなので」

事前に何を読んできたかを問われた。社史と創業者の評伝。図書館でも多くの本を見つけたと、ブックリストを専務さんに見せるとよく調べていると驚いていた。ユニークな社史だと感想を述べると、刊行物を前面に押し出すのが社のスタンスだという。

労働条件や労使関係の基本情報は組合員手帖に記されている。組合の執行委員会からの謹呈ということで手渡してくれた。執行部の方と懇談する機会も作ってくれるという。

仕事は分業制。本作りに直接従事するのは編集・製作・校正の三つの部門。辞典部はこの三つを部内に備える。新入社員の多数は編集者を志望。だが本作りは三部門の連携で実現される。能力を評価されて編集から製作や校正に転じていく人も多いという。

「三〇年前の職場とは異なっている点があります。わかりますか」

「活版印刷が姿を消したことですか」

「大正解です。仕事関係ではなく、嗜好品についてはどうでしょう」

古めかしい言葉でも意味はわかった。タバコですかと問うとその通りだという。

「長らく全職場で紫煙がたちこめていた。今は地下一階の喫煙室に行く。嫌煙派が強くなったのは四半世紀前かな。新書の『嫌煙権を考える』[13]も追い風になりました」。

校正部に嫌煙権を強く訴える人がいて、果敢に声を上げていたという。


「専務さんは最初から出版社志望でしたか」

研究者として大学に就職する予定だった。学部・大学院と一〇年間も京都の大学で物理学を研究した。専門は量子化学。ポストは見つからずに研究職は断念した。社会科学や文学、語学などへの関心も強く、編集者になったという。

学問と読書にのめり込む学生生活。夜通し研究にも没頭した。学部時代は友人との付き合いも深く、その故郷を訪ねて旅をした。手違いで本人が留守でも泊めて歓待してくれたという。半世紀前の能登島を再現する記憶力にも驚いた。

学生の街である京都。三重塔のあるお寺が近所だった。その左京区の下宿のすぐ前の通りを掃き清めている高齢の女性が醸(かも)し出す雰囲気は格別だったという。

「この言葉を私が使うと変ですが、雅なたたずまいの人でした」

下宿のおばさんから、朝の連続ドラマに出演した女優さんと教えられたという。それはともかく、応仁の乱で火炎に包まれた地で青春を過ごした専務さん。恋の炎は誰に燃やしていたのかな。

「担当された本で、ぜひ読むべきと言うお薦めの本を教えていただけますか」

社会生物学者ウィルソンの『生命の多様性』[14]だという。自然科学書編集部で担当した。生物学的多様性はなぜ重要なのか。六度目の生物大絶滅が進行しているのが現在だという。

「最も多くの種を持っている生物はわかりますか」

昆虫だな。ハエやチョウかしら。アリだという。北極圏から南米大陸の最先端まで二万種以上もいる。多くの種が絶滅の危機に瀕しているのとは対照的だという。

「仕事でも生物系の話題は出るでしょう。パレートの法則や働きアリの法則について」

「はい。パレートの法則とはどんな集団でも二割の人が全体の八割の貢献をすることですね。働きアリの法則とは二割はとても働き者で、六割はそうでもなく、あとは怠け者さんでした」

「さすが。くわしいですね」

「興味深いのは、頑張っている二割で新たに集団をつくると、その中の二割は一転して怠け者になってしまうことです。でも御社には怠け者はおられませんね」

「はい。二割ではありません」

きっぱりとした口調で専務さんは答えた。生物学と経営学とが交錯する主題。近年の生物学研究はアリの生態を解明して、この法則の正しさを証明しているらしい。

「新書編集部にいらした時期は、ベストセラーの多かった時代ですね」

「その通り。刊行日に四万部を越える本も多かった。実売数ではないけど」

取次を経て全国の書店に配本された冊数。買い切り制なので根拠のある数字だという。

「担当した本で最もよく売れた一冊は、『豊かさとは何か』[1]です」
「エーッ。その本ならゼミで勉強しました。ディベートもしたんです」
「ご存じなんですか。あの本でディベートなんて可能ですかね」。不思議そうな表情になった。

労使関係論のゼミ。戦後日本社会論の一環としてこの本を取りあげたことを報告しよう。――論争的な一冊と都筑教授は示唆した。二週間の準備を経て、ディベートの当日を迎えた。

本書を賞賛するグループは社会の貧しさを見事に描いているとの立場。批判的なグループは日本社会の到達点をもっと肯定すべきというスタンスだった。私は前者だった。データを踏まえて充実した討論が続いた。終了が近づいた時点で闖入者が現れた。

「驚きました。見学していたアメリカ人のジャーナリストが鋭い問題提起をしたのです」

技術力や製造業の水準にもコメントしてほしいと言って、最後に意味不明の一言を発した。

「ミナサン、タクミノジダイ、ワスレマシタカ」

学生はその意味が理解できず、都筑教授は『匠の時代』[16]の解説を始めた。その様子を伝えると、著者内橋克人氏が取材した企業名を一〇社も挙げてみせる。専務さんの博識に驚かされた。

「ゴール目前でさらにもう一人現れました。本書を評価するグループの一人が、俺はもう評価したくないと叫びだしたのです」

「ちょっと芝居がかっていませんか。何に反発したのでしょう」

「眼を醒ますんだ。バブル崩壊前の一九八九年の本だよ。ジャパンアズナンバーワンの時代。その後バブル崩壊から時代は失われた一〇年へ。リーマンショックもあった。八〇年代の名著からどんな未来を切り開くことができるのか」

熱弁の直後、一転して静寂が続いたことをお伝えした。

「スリリングな展開ですね」

「価値ある書物は批判され続けると先生は言いました。これほど見事な一冊を書ける学者は稀有である。もしや学問とは無縁な聴衆への講演録を基に執筆したのかも。読みやすさもヒットの原動力だろうと……。つい私は受けをねらって、余計なことを言っちゃいました」

宮備専務の頬はなぜか紅潮していた。敢えて恥をさらそうとしている。

「――それならば私たちに講義されている先生はベストセラーを書けますよね」

アメリカ人が最初に爆笑して皆で大笑いした。有名新書ではないがこの本と同じ年にも本は書いた。「版元に貴賤なし」と教授が胸を張ったことが印象的だったとディベートの紹介を終えた。


「興味深いですね。社内での大反響は嬉しかったけど、ちょっと画一的でしたから」

売れていますね。読みやすいです。こればかり。ある若手社員から企業現場での従業員管理の特質をもっと描いてほしかったという要望が示されたぐらいだった。それは都筑教授と共通する視点かもしれないと言うと、教授の読後感を紹介してほしいという。

「経済大国でも人々の生活は豊かでない。それが著者のスタンスですね。都筑先生は、経済大国へのプロセスを問題視します。大企業の生産現場は斬新な生産システムで効率化を最優先。生産性第一の価値観は勤労者をしばってきた。その重圧で自発的に会社人間になっていく。小集団活動などみんなで達成感を高める網の目もはりめぐらされている。高度経済成長が終わって時間が経っても、企業社会の鋳型と歪みは消えないという見方です」

「なるほど。芳岡さんはなかなかの理論家ですね」

著者は生活経済学。企業の実態調査をした専門家と視点が異なって当然だという。

「この本と学問的に格闘するゼミがあったと聞けば、著者も嬉しいでしょう。でも気になりますね。事前にシナリオがあったわけでしょ」

「ディベートなのでシナリオはありませんけど」

「二人の乱入を、教授は知らなかったのですか。見事すぎる展開に思えました」

「やらせということですか」

「その語は好きでない。共同謀議を疑います。その後、お二人はどうなりましたか」

「不思議です。二人とも消息を聞きません。U君も姿を消しました」

「ミステリアスですね。予定調和的な展開ではない。当初の目的地は突然変更されて、それに関与した二人は行方不明である。はたして自らの意思で姿を消したのでしょうか」


内線電話が鳴った。手短に話して席に戻ると、話題は急に別テーマに変わった。

「経営学の本で、一番興味を持っているのはドラッカーですか」

「誰でも読みますよね。ドラッカー以前の次元で困っている会社が多いようです」

地形や地盤に無頓着で、基礎工事をせずに建てた家に国友さんは喩えていること。顧客の分布と変容の分析、商品の開発と販路の拡張、人材育成と世代継承などで立ち遅れた会社である。

「御社のように燦然と輝く社とは別世界の話ですけど」

「いえ私たちも改革と建て直しが急務です。ロシア語ではペレストロイカですね」

「偉そうに申しましたが、弊社こそ掘っ立て小屋の典型。悪戦苦闘の連続です」

「国友さんは編集プロダクションを率いて成功された。実力ある方です。ところでドラッカーの生涯について芳岡さんはどんな関心を持っていますか」

オフィス学習会で学んだ。二〇世紀の全体主義に対決した人だ。ナチズムの圧迫で祖国を離れ、戦後のチェコスロバキアでの社会主義政権下で友人の外務大臣を殺されたらしい。

「ナチズムと社会主義を、全体主義のモデルとして把握するのですね」

「その通りです。全体主義への抵抗によって、マネジメント論は提起されたのだろうと」

ドラッカーを論じ続けようとする専務さん。彼の探究した二〇世紀日本論と日本画のコレクションにまで関心を持っている。そうだ。日本画のコレクターだった……。そのコレクションと日本画の巨匠の系譜まで把握されていることには心底驚かされた。

「コンサルタントの仕事で慎重に対処すべきポイントとは何ですか」

これなら淀みなく答えられる。話し始めた。あれれ……。腹を抱えて笑い出している専務さん。

「何か失礼なことを申しましたか」

「思い出し笑いです。大丈夫です。ご不明の点があればいつでも連絡してください」

真顔にもどると玄関まで送ってくれた。午前からの五時間強で知的充足感に満たされていた。昼間の受付を閉める寸前だった。四時一四分。階段を上り、珈琲店の横を通り過ぎた地点で緊張はとけてきた。専務さんへの単独インタビューなのに失敗だったかしら。今期末に向けての現状と課題なども話題に登場していない。巧みに誘導されるだけだった。

＊

一時間後、事務所にもどると二人は仕事に没頭していた。メールチェックをして返事を書いた。来客用の煎茶を入れて神保町で買った和菓子を小皿にとりわけた。

「今までずっとお話を伺っていました。博学で素敵な方ですね」

生返事をするだけの直島さん。お茶とお菓子には反応した。さすが神保町と讃えている。

「社長にも会えそうかな」。パソコンの画面をにらんでいた国友さんが、会話に加わってきた。

「それは無理ですって。この件は専務さん一人がご担当なさいます」

ネット検索によって、話題を一つ仕入れていた。

「岩波の社長さんって国友さんに似て、髪の毛は多くない方なんですね」

「そうらしいね。背が高く評価も高い方らしいよ」。苦笑しながらの一言だった。

「業績は伸びている。人望もあるのかしら」。直島さんも興味を示した。

「人徳があり、知性に秀でているのは歴代みな同じ。現社長は容貌が抜きん出ている」

「でも……」。失礼な一言になっちゃった。

「そこがすばらしいと評価されている。その前任もさらにその前任もハンサム。されど現社長は目立つ点では負けない。お酒が入れば真っ赤になる。混みあったパーティー会場でもその頭は灯台のように輝いて目印になるとか。何よりもスピーチ力が抜群らしい」

「目立つといいんですか」

「パーティーへの出席は社長の大事な仕事。業界内、著者筋、学界関係、海外交流と目白押しだ。四代前の社長はフランス語も堪能で知性と教養は秀でていたけれど小柄な方だった。出席者が挨拶したいと思っても、会場が混み合っているとすぐに見つけられない」

直島さんは思わず笑った。国友さんは真剣である。

「社長はどこですか。行方不明ですかと心配する人もいた。ご挨拶したかったのにという声も秘書室に殺到したらしい。それを教訓にして、以後の社長は人格・知性と同時に長身である点も条件になったとか。いや。それは憶測にすぎないけどね」

「小柄な方はパーティーで竹馬に乗るとか、どうでしょうか」

精一杯のジョークに対して、二人とも反応してくれなかった。

「すごい会社ね。社長の条件は人格・知性・長身であるとは。経営手腕は二の次とか」

先輩らしい棘にニンマリした。

「宮備専務は弁舌さわやかで、キャスターにも向いていそうです」

「専務さんは組合について何か話したのかしら。その昔、輝ける委員長だったらしいよ」

直島先輩は訳ありげに言う。思わず泡を喰ってしまった。

「まずい。失言してしまいました。慎重に対処せよと指導されている点を聞かれたので」

「何といったのよ」

「プライバシーの侵害はいけない。宗教や政治の話は控えたい。労働組合にも距離感は必要。組合関係者には優秀な人も多いけど、形式主義者で頭が空っぽの人もいる。組合の存在意義は今まさに高まっていますと言えば、警戒心を解いてくれる」

「そんなことを言っちゃったんだ」

「専務さんだから組合とは関係ないと思って、優しい人だからつい気を許して……」

国友さんは朗らかなテノールで笑った。一時間前の爆笑は時間差攻撃で追い詰めてくる。

「不敬発言で出入り差し止めになるわよ。あの組合は力あるらしいから。宮備さんは初代委員長の吉野源三郎の再来といわれたらしい」

「心配は不要だ。我々のことなどは眼中にない会社だから」

「でもあの専務さん。昔からインテリ然としているのかしら」

「労連大会での発言も論理的で見事だった。会社のブランドも後押しして後光が差していたよ」

「出版社の労働組合の大会ですか。昔務めていた会社には組合があったのですね」

国友さんの組合活動は初耳だった。

「その時点ではあったよ。新人なのに先輩の代理で代議員として大会に出たこともある」

当時は組合も岩波の全盛時代。労連三役にもこの労組から出ていた。宮備専務は岩波労組の役員だったはずという。敏腕編集者としても有名で注目を集めていたという。

「こちらは労働組合と縁のあった唯一の時期。労連大会は面白かったなあ」

「どういう点ですか」

「反執行部派のアジ演説は最高だった。罵詈雑言、糾弾とレッテル貼りという日本語の創造的破壊。学生運動に無縁の世代としては、一九六〇年代の武闘派の肉声に震えたね。ゆでダコのようなギョロ眼男が獅子吼する。ナオミンとコンビを組ませたかったな」

「止めてくださいよ。私は右翼系ですよ」

「左翼と右翼はフィットする。職場では腰が低い営業マンというので笑ってしまった」

それに対して、執行部として答弁したのは渡辺という役員さん。数々の争議の第一線で献身してきた小柄な人。声の大きさでは負けても説得力に感服したという。

「それで社長のいた組合はどっちだったんですか」。直島先輩は尋ねた。

「軟弱な中間派だよ。政治的な課題は取り組みたくない。大会の諸決議にも是々非々だった」

「そうだ。この機会に聴いておこう。しばらく待っててね」

国友さんはロッカー前の段ボールから膨大な印刷物のファイルを取り出して、手渡してくれた。

団交ニュースと職場新聞。いずれも岩波書店労働組合の制作。重要な資料だという。同時にカセットテープを取り出すと、古めかしいカセットレコーダーに入れてイヤホンで聞き始めた。やがてイヤホンを抜いた。

「びんびん、響いてくるわね」。先輩もあっけにとられるほどの音声になった。

「七〇〇点を突破する異常な刊行点数で職場が疲弊している現実をなぜ直視しないのか。この事態を放置してきたではないか。このままでは病人が続出して職場は崩壊します。……職場の悲鳴に耳を傾けてください。定年まで働けないという悲鳴も上がっています」

「人間を大事にしない企業が、発展しますか。世間では立派な会社だと思われているのに」

その時、誰かの一言で一挙に紛糾した。怒声が入り乱れて、混乱はしばし止まなかった。

「言葉尻をとらえないでほしい」

その一言を、再び威圧的な声が押しつぶす。激しいやりとり。音声は一度打ち切られた。

「すごいですね。怖いぐらいです。激しくどなりあって、殴り合いになりませんか」

岩波の春闘の団交だという。午前中の会議室が会場だと国友さんが教えてくれた。

「紳士同士だから大丈夫。失礼。女性もいるはずだね。経済闘争としての儀式だよ。エキサイトしても、労使の信頼関係は強いらしいよ」

「組合側も迫力あるじゃない」。先輩も感心していた。

「労連大会で演説したというギョロ眼のタコおやじさんはいませんか」

「あれは単産の大会。ギョロ眼さんも発言した。この団交は単組の組合員だけのはず」

「ヘルメットをかぶっていませんよね」

「頭はげていたって構わないんだよ。全力を出さなければ、職場から突き上げられる」

「宮備さんはまだ出てきませんか」

「今のは二一世紀になってからだね。あの人が組合側で大活躍したのは、もっと前のはず」

　国友さんは別のテープをしばらく探していた。ようやく見つけたという。歯切れよく気品のある声が聴こえてくる。

「……昨年秋の世界史の激変を経て、歴史の終わりや資本主義礼賛論が流布されようとも、批判的な視点を失ってはならない。「二四時間闘えますか」は資本の専制に肯（うべな）えというコピー。その押し付けは断じて許されない。労働組合としての批判力が問われています。ただこの職場では、「単なる労働力の売買を超えた」という労働協約後文の精神を労使でともに確認してきました。民主主義の実現という共通の目標に向かって今後とも信頼関係を強固にしていきたい。

　……学問に立脚したより普及力のある書物を生み出そうと、職場は必死に努力しています。たえず感覚を研ぎ澄ます。睡眠以外は休む間もない仕事だと自覚していますが、出版点数の激増と長時間労働を組合として放置できません。限界を越しており、決して受忍できないことは明らかです。刊行点数の減少、恒常的長時間労働の解決を強く訴えます。同時にこの社の持続的発展に向けて、より安定的な経営を築く経営政策と構想力が求められています。会社のリーダーシップと具体的な売り上げ増に向けての方針もぜひ示していただきたい……」

「長いから、この辺にしよう。一九九〇年春闘だ」

　国友さんはテープを早送りした。もう一人が大事だという。貫禄ある声の人が話し始めた。

「……委員長の発言に強く共感している。ベルリンの壁の崩壊で、社会への批判精神を失ってはならない。油断するならば弱肉強食、効率優先、働く者への抑圧が強化されるのは必至である。戦後四五年間、労使の立場の違いをこえて、民主主義社会の実現という理想に向かってともに努力してきた。組合の皆さんの奮闘に私もたえず励まされてきた。その歴史の重さを強く受けとめている。その姿勢を真摯に保ち続けていきたい。現在、会社の機敏なリーダーシップが何よりも求められている。その先頭に自ら立っていく。各職場に足を運び、現場の声を聞いて迅速に決断する。売り上げをぜひ三割伸ばしたい。そのためには……」

再びテープは止められた。

「三代前の社長さんだ。この数ヶ月後に社長就任が予定されていたらしい。それだけにこの団交では、退任前の社長よりも次期社長の発言に注目が集まっていたらしい」

「威風堂々ね。内容も格調高い。大臣の国会答弁よりも貫禄あるわね」

「激突しながらも最終的には折り合う。毎回熱いエールの交換をして団交は終わるわけだ」

先輩がコンビニに買い物に行くと、国友さんは私のそばに来て話を続けた。

「社内は静かだったよね。どんなオフィスだった」

「編集部以外は整頓されていました。このオフィスで、組合の話題は初めてですよね」

「経営者のサポート役だからね。今や組合との衝突で苦労する経営者は少ない。組合の有無にかかわらず、良好な関係を保てば問題にはならない」

団交ニュースと職場新聞は必読という。この会社での問題点が見えてくる。団交に呼応して、職場新聞が発行されるらしい。戦後労働改革を復習するように指示された。敗戦直後の労働組合は爆発的なエネルギーを発揮した。生きるために闘う。戦争による犠牲や抑圧への怒りも噴出した。それは常識だけど、盲点になりやすいのは労使関係の内実だという。

「パーティーで目立つために竹馬に乗ると言ったよね。大事な視点だよ。新たな対等な労使関係をスタートさせる。そのために労働組合を育成したわけだね」

GHQによる民主化政策、国内でもそれを推進する動きは高まった。敗戦から数年後が組織率のピーク。減少し続けて現在に至っている。その要因をどう見るかも重要だという。

外出から戻った直島さんは団交について問いかけてくる。

「次期社長さんは三割増やすと言っていたよね。売り上げでしょ。マジって思わない」

「ありえないと思いますけれど」

「団交で「単なる労働力の売買を超えた」という言葉が出てきた。組合は何を言いたいのかしら」

この社では民主主義の確立のために、出版事業の社会的使命を果そうとしてきた。この表現で、経営者と従業員との親密なる関係性を示しているという。残業手当の存在しない会社。残業代を求めず、払わない理屈としてお守りのように繰り返してきた一節であるらしいと、国友さんは教えてくれた。

「自己実現できる仕事だから、その姿勢なんですかね」。先輩は問いかける。

「ただの賃金労働者ではないという自負かな。この職場の発展は民主主義社会を実現させていく。労使双方がよい本を作り、より良い社会を実現するパートナーとして相手を認識している」

「岩波書店の存在意義はますます高まっていますだって。自己愛強いわよね」と先輩は語る。

この理屈は曲者。全社会的に波及すれば、労働基準法の三六（さぶろく）協定は空文化すると国友さんは指摘した。人件費圧縮の妙案になるだろう。でもそう簡単には広がらないという。

「残業手当ゼロで深夜まで働かせる。「ハイレベルプロフェッショナル制度」なる新制度を国が提起する可能性はあるだろう。でも業種はごく限定。高賃金の専門職でなければ無理だ」

今ではこの出版社も残業手当をスタートさせたらしい。労使間の格別のパートナーシップで長年維持してきた制度を一変させた事情については未確認という。

「残業時間にすべて手当をつけられないでしょ。編集者だけ高賃金になれば、経営も成り立たない。ただ一切手当を認めないとなれば、労基法との関係で説明が求められるわけなのね」

先輩も残業手当は難問だという。このオフィスも調整給で報いているにすぎないと語った。

「「やりがい搾取」という秀逸な概念がこの社の月刊誌の論文[17]で提起されている。その視点で捉えられることを拒む仕事人も昔から無数に存在している。古くて新しい論点だね」

さすが国友さんはくわしいな。その時、宮備専務から次回は月曜日とのメールが入った。

「あら残念だわ。その日は無理だ。録音をお願いしますよ」。直島さんがリクエストした。

話してくれるのは編集部一筋の盛田健一郎さん。質問項目を事前にお送りすることにした。

翌日出勤すると、担当した書目などを記したメールが盛田さんから届いていた。社の現状認識については役員とも労組とも異なる立場。その旨をご承知おき下さいと末尾に記されていた。

第二日　卓越編集者に教わる驚異の賃金制度

一月二六日、第三会議室で知的な雰囲気の盛田さんとお会いした。専務からの指名とは意外だったのでGKⅢのホームページをチェックして直島先輩のコラムも読んでくれたらしい。

労使関係論の角度からみつめるとは理解しにくい。趣旨を説明してほしいという。

「吉野源三郎さんが初代委員長として労使関係の礎を創られた点に注目しています」

「まず吉野さんに注目するわけですね。この社の歴史で他に大事だと思う人は誰ですか」

見るからに切れ者の盛田さん。予期せぬ問いかけに言葉はつまってしまう。

「創業者の岩波茂雄さん、吉野さん、亡くなられた安江社長、現社長、あとは……」

「たとえば雄二郎氏はご存じですか」

「はい。創業者のご子息で、戦後長らく社長を務められた方ですね」

「この人の存在感は若い世代の社員には知られていない。この社は何をめざすべきかを強く発信して、戦後を背負ってきました」

創業者に続くのは小林勇氏。小林専務の後ろ盾で雄二郎氏は社長として歩んできた。七〇年代後半に入社した盛田さんの世代にとって、岩波雄二郎氏の存在感は別格だったという。

「一方では吉野さん、元社長の安江さんのお名前は今も語られていますね」

「社会派市民からの評価は高いですね」

吉野源三郎初代委員長に注目するという問題意識に違和感を持つとのこと。まず編集者という仕事のむずかしさをお聞きしてみよう。

「実務は数年でつかめるはず。多くのテーマにアンテナを張り巡らして勉強を続ける。勉強熱心であること、謙虚でもあり生意気であることが必要」

著者に敬意を持てない人は編集者になれない。時には鋭い疑問も求められるという。文学部史学科で学んだこと、労働経済学への関心。卒論のテーマと影響を受けた本について尋ねられた。鋭い人なので曖昧なことを言えば、すぐに見破られそう。

「出版界の厳しさをどう認識していますか」

「三五年前は出版産業もパチンコ産業も売上総額に大差がなかったと聞いています。今では桁違いの格差。ベストセラーはあっても業界は縮んでいるのですね」

「的確な認識です。三五年前には現状を想像できませんでした。下降線は激しかった」

盛田さんは一枚のプリントを見せてくれた。手に取ってみると、戦後十数年の時点から最近までの社員数・出版点数・総部数・売上高や編集者一人当たりの売上高なども一覧表になっている。

「あっ。これは経理・財務に関わるデータですね。この点の取材は禁じられています」

「ご冗談はいけません。労使関係における重要データ。弊社はどんな状況に直面してきたかを読みとれます。歴史学を学んだ人が、史料を見ないで何を語るのですか」

正論でござ〜い。父よりも年上の盛田さんに言い逃れはできない。閲覧させていただく。

「借入金をどう評価しますか」

手書きで記されていたのは予期せぬ数字。マジなの。単位が円なら子どもでもすぐ返せるけど。

「業界全体がきびしいといっても、七〇年代に倒産した某社は長らく無借金経営を続けているらしい。見事です。七〇年代に順風満帆だった弊社は決して楽観できません」

「絶対に口外しません。この業界はどの社も困難を突破してきたらしいですね」

「世間では大赤字を出してV字回復をとげる社が多い。この社は赤字を出さず、決算は黒字の連続です。前例踏襲の体質になった。神風が吹き続けて改革は先延ばしにされた」

神風とは爆発的に売れる本。著名人の推薦。新聞やテレビ等の紹介、映画の原作も効果大。

「すばらしいです。御社が経営危機であるはずはないですものね」

「逆風には直面しています。若者は社名すら知らない」

「文化の構造は変容して、事業の基盤も揺らいでいるというご趣旨ですか」

「その通り。経営者は毎年の刊行計画と数年単位の経営計画を点検し、予算達成に向けて汲々としている。言葉の正しい意味でのリストラもできません」

岩盤に挑むような果敢な挑戦。荒波を乗り越えるような舵取りではないのかしら。

「新規事業に挑戦する才覚もない。社員も成功体験に馴れきっていた。致命的なミスはないのに衰退。金融機関に支えられてきた」

もしや取引銀行はメガバンク一行なの。複数の中小金融機関との取引ではないなら驚異的だな。

「人員削減は不可能でしょうか」

定年までの勤務は長らく当然だった。近年は中途退社が増えて、人員は縮小している。

「長い間、特別に恵まれた境遇だったわけですか」

膨大な名著の存在。読書人と広範な市民に支えられた。買い切り制で販売してくれた書店と取次の存在あればこそ。メディアでの好意に満ちた報道。書評欄での厚遇。優位性は今も消えていない。

だが巨大な変化も見逃せない。何といっても全国の書店数は激減。学生の読書熱はとうの昔に廃れている。莫大な広告費用を捻出し、刊行点数を増やして予算達成に汲々としてきた。

盛田さんの手元に手帳が置かれていた。紺色の革装。二〇一一年と記されている。

「お手元の手帳は少し前のものですね……」

「岩波手帳。この年が最後でした」。手渡してくれた。手に馴染む革。最終頁に注目した。

「やはり印刷は精興社ですね」

「めざといね。最も縁深い印刷所です」。漱石全集など代表的な出版物を手掛けてきたという。

手帳には著者の住所録が掲載されている。二〇世紀末には著者名の追加はほぼ不可能になった。その昔には掲載を熱望して和菓子を持参する著者までいたという。

「漱石さんはもう掲載されていませんか」

「ユニークな人ですね。その素晴らしいアイデアの手帳を作ろう。漱石の住所はどこかな」

「エーッ。生まれは新宿区。ロンドンに留学して松山に行った……。いやその逆でした。執筆に専念されて永眠されました。住所はどこに致しましょう」

「森鷗外と永井荷風はどうしますか」

「鷗外は津和野の出身かな。一時期はベルリンの日本大使館気付けで届きましたね。その後はわかりません。荷風さんは浅草の劇場やお店にしましょうか」

「シェイクスピアはどうします」

「もうダメ。口は災いの元でした。無知な人間をいじめないで」

情けない口調になった。四人の軌跡を鮮やかに解説する盛田さん。ただ驚くのみだった。

「創業者の幅広い人脈はご存じですね」

「はい。戦時中の大晩餐会も印象的でした」

「勉強していますね。優れた人とは親しくなった。吉野さんを招いたのも英断でしょう」

創業者の一高中退、東京帝大専科修了という学歴による人脈も大事だという。


「この社を労使関係論の視点で捉えないでほしい。正直言って労組を好みません。この社の組合にはアレルギーを持っています。学問としての社会政策や労働問題は大事ですけどね」

コンサルタントについてもくわしく、年齢差以上の知的格差だ。うなずくしかない。

「倒産寸前の旅館を再建する手腕も注目される。この社を大きく飛躍させてくれるのかな」

「あの。人文系のコンサルをめざしています。出版界での人脈を生かして、経営者との文化的コミュニケーションを重視したコンサル業務です」

口からでまかせ。聞かれたことに答えていない。父が聞けば、渋い顔をするだろう。

「あなた、人文系学問は痛めつけられていますよ。効率と生産性を追求する使命を持った業種で、人文系という選択などありうるのですか」

座布団を何枚も差し出そう。逃げ出したくなってきた。せめて前向きの姿勢を示すのだ。

「責任者から迷わず進めと言われています。御社の栄光から学びたいです」

「栄光というより栄枯盛衰だけどね。組合の存在感が強かったのは本当です。強すぎた時期もある。ただ組合の関与できることは限られている」

「傑出した初代委員長によって、稀有な会社になったといえませんか」

「誤解されていますね。戦後一貫して労働組合のスタンスと社の編集方針とは異質で、緊張関係を持っています。優れた編集者の多くは組合と一線を画してきたはずですよ」

看板雑誌にもかかわる論点。安倍能成（よししげ）氏らの構想よりもラディカルな誌面を吉野編集長はめざした。ただリベラル派・穏健な改革派を軽視していない。左派系は卓越した論者のみを尊重。アクティブな左派には重心を置かない。賢明な編集方針だと解説してくれた。

「組合のスタンスとは異質なのですね」

「もちろんです。吉野初代委員長が組合を担ったのはほんの一瞬。歴代の組合幹部は左派系の比重が高い。組合員は多様でも執行部にアクティビストは多かった。第一のギャップです」

国友さんからはまだ耳にしていない論点だった。

「一点教えてください。組合執行部さんは社の存在意義を高らかに讃えていますね。出版物を理解した上で発言されているのですか」

「鋭い指摘だね。学術書など全く読めない人も執行部になれる。組合幹部にそんな素養は必要ない。この職場への強い誇りを強調し続けるのが執行部のスタンスです」

「岩波書店の存在意義はますます高まっています。団交での常套句ですね」

「よくご存知だね。ただ執行部だけが勉強を怠けている訳ではない。最高難度の学術書に社員が尻込みするのは当然。編集者は学界の第一線を知ろうと専門書を読む。知的水準が高くなければ無理です。とはいえ一つの学界を数十年フォローしても、理解できることは限られています」

出版社の社員がすべて読書家などと誤解しないようにと念を押された。

「もう一点のギャップはエリート主義と画一的平等主義です」

「著者も社員もエリートさんということですか」

「違いますって。著者は飛びぬけたエリート。各分野で一番の人に執筆していただく」

「二番じゃダメなんですか」

「絶対ダメです。昔は許されませんでした。今は違いますよ。二番、三番なら大丈夫でしょう。昔から一番の先生が無理な場合には、その先生の推薦する方にお願いしてきました」

大型企画について最初に相談する著者は誰か。東京大学と京都大学。この二つの旧帝国大学の教授の主導で実現した企画は戦後も多いという。かつて帝国大学とは圧倒的な威信を持っていた。大卒者の給料も帝大と慶應・早稲田などの私学では格差があったことを教えてくれた。

「慶應や早稲田でもうんと低く見なされたとは差別ですね」

「実業界も学界も平等主義の世界じゃない。序列と選別の価値観でこの会社は成長してきた」

「芸術や文化や実業で、平等主義は許されないと」

「そのとおり。裾野の広さは大事ですよ。でもバイオリンも一流の演奏家を聴きたいですね」

著者になる権利は誰にもある。学校改革論や憲法九条論など、時間さえあれば何万人でも本など書ける。でも素人さんの本など刊行しないのが社のポリシーとのこと。率直な方。エリート主義の意義を高らかに語ってくれる。

「弊社の刊行物は教科書とはけた違いの少部数。漫画のような熱狂的支持もないわけで」

盛田さんは漫画少年だったという。この社でも漫画の刊行を模索した時期が長らく以前にあると語った。小林勇さんの本[18]にそのエピソードが書かれていたのを思い出した。

＊

「雄二郎さんはベストセラー志向を許さなかった。その言葉を使えば幹部社員さえも叱られた。少部数でも文化財として後世に残る本の出版を会社のミッションにしたわけね」

売れ筋という言葉も禁句だったことを盛田さんは教えてくれた。

「一九二七年の岩波文庫と一九三八年の岩波新書の創刊も文化の配達人としての位置づけです。一流の著者のライフワークを新書に書いていただくわけだね。人生を賭けた一冊です」

「特別な出版社であることを使命としてきたのですね」

「その通り。英語では exclusive という語に近いですね。排他的独占的という語義に違和感を持つ人もいるけれど、この語がふさわしいと思います」

この単語はネガティブな響きと思っていた。そうか。抜きん出た権威への自負なのだ。

「エリート主義をご理解いただけましたか。著者は厳選されたエリート。そうでありながら社員に対しては画一的平等主義です。キーワードはひとしなみ」

「ひ、と、し、な、み」

恥ずかしいけど声に出してみた。クリステルさんみたいに色っぽく言えないな。でも盛田さんはかすかにほほえんでくれた。初めて聞く言葉と告げたら、漢字を教えてくれた。

「戦後初めから女性差別を否定してきたとは立派です」

「それだけでなく、戦後の賃金体系で世間標準の学歴差別を全否定し続けてきた。大胆な試みですが、中卒高卒組の中で格別に優秀な人は多かった」

「中学卒で入社した人も、大学や大学院を経て入社した人と賃金に差がないのですね」

「むしろ優遇されたかもね。一〇代で仕事を始めた人の経験を正当に評価している。社歴が重さを持つ。同年齢ならば高学歴者の収入が低くなる事例も珍しくない」

経験給についても、他社での勤続年数をこの社と同等に評価しない。一〇年間は半分の評価にとどめるという決然たる姿勢。フリーランスでの仕事の多くは経験給の対象とみなさない。この社での経験を格上だとみなす。労働組合ももろ手を挙げてそれを讃えてきた。

「自社第一主義、経験給重視は珍しくありません。でも学歴格差ゼロとはすごいです」

「飲食店や芸能界も同じですよね。出版界では特に珍しくもありません。ただ賃金制度の根幹に疑問もある。労働時間の多寡や貢献度の大きさを全く度外視していますから」

「戦後初期の賃金はどうやって決まったんですか」

「驚いてくださいね。単純化すれば生存のための賃金。カロリー計算をベースにして生活費の総額に対応する賃金。食糧難の時代の発想です。家族数が多いと給料は増えていく」

「単身者には不利ですね。労働の実態も考慮されないとは信じられません」

「残業は不要という建前。残業手当の制度がないので払う必要もない。労働時間も仕事の難易度も無関係な賃金です」

組合の結成時から労働運動最左派の産別会議が主張する賃金を推進してきたという。

「シュールですね。でも希望を抱いた人も多かったわけですね」

「その通りです。中学卒、高校卒の一〇代で社員になった人たちの多くは、平等性の観点から歓迎したと推測します。組合活動と職場の中心を担った人たちです」

組合内にも昔から多様な意見があった。貢献度を重視したいと会社は長年主張してきた。組合結成の数年後には能力点がスタートしている。会社側は評価給との位置づけ、組合側はそれに同意しないが、制度としては維持されてきた。七〇年代までの賃金水準は業界内でも指折りの高さ。家族手当は生活実態に合致するという声も強く主張されてきた。

「皆さん、さまざまな思いがあっても高賃金だった時期は、矛盾が表面化しなかったのですね」

盛田さんは間違いでないという。理想の賃金体系はこの世に存在しないという、ある先輩のクールな発言を記憶しているという。組合執行部も現状をベストなどと考えていない。組合員の声を集約して、改革を模索してきたのは事実だという。

「冗談みたいですけどね。そうでありながら、二一世紀初めまでは当初の賃金制度の基調が維持されたといえる。信じられないでしょう。その後にどう変えたかは申し上げにくいけど……」

何と今度は年齢一本で賃金を決定するようになったという。

「ユニークですね。労働時間も職種も貢献度も考慮しない賃金制度ですか。世間の常識に抗い続ける御社らしい賃金なのでしょうか」

盛田さんは苦笑した。改革構想はあったが労使間で合意できなかった。経験給や家族数の要素が除去された点を前進面と評価した人もいるという。

「出版社で働く方は、賃金へのこだわりは弱いのですか」

それも否定できないという。本と本作りへの憧れで入社してきた人が大半である。

「夕方以降の仕事を残業手当の対象にせよという声は、昔の編集部ではごく稀でしょう。その制度のために九時前の出社を強いられたら困る。管理されたくない訳ですから」

「今はようやく残業手当制度が始まったとお聞きしていますが……」

「その経緯は知りません」。盛田さんは、急須でお茶をついでくれた。

「社員の方は、一流大学卒の方ばかりと想像していましたが、違うようですね」

「一〇代で入社して、四十数年という社歴で定年を迎える比率は高かった。」

「学歴で賃金を決める会社は世間で多いのに、社内でそれを求める声はなかったと」

「公表しがたいでしょう。大卒社員も学歴格差は間違っていると主張したかもしれない。リアリズムとして、中卒・高卒で高評価の三人と、大卒で普通の三人とをくらべると……」

「貢献度はさして変わらないのですか」

「優秀なのは前者だという説は強い。誰をモデルにして何をくらべるかで違うけどね」

創業者、吉野さんのように東京帝大に関わる学歴を持つ人もいるが、叩き上げ派も多い。小林勇氏を始めとする系譜はこの社を支えてきたという。

「会社は本音で学歴をどう考えていたのかは不明です。親の学歴にも関心を示したのです」

面接試験用の身上書に、親の学歴を書かせた。合否との関係は不明とのこと。

「戦後初期の残業問題について、児童文学者の石井桃子さんの証言をご存じですか」

当時勤めていた石井桃子さんがそれを記しているという。評伝[19]のコピーを見せていただくと、戦後初期の職場では残業が許されなかった情景が描かれていた。

「驚きですね。残業している社員を組合の幹部が職場から追い払ってしまうのですね」

「強圧的だ。編集者の組合アレルギーの原点の一つかな。でも原則に対しては真摯だった」

石井さんは面従腹背。自宅で真夜中まで働いた。児童文学のレジェンドの若き日だという。

「この社の組合の長所についてどうお考えですか」

「賃上げなどでの貢献は評価しますね。賃上げ賛成派ですよ。入社時は高給でした」

長らく賃金が物価水準に連動するスライド制も維持されていた。戦後初期に組合が獲得したこの制度は、インフレが激化した七〇年代においてめざましい効果を発揮した。

「賃上げなんて物取り主義と批判する同僚もいた。自分はパンと水だけで構わない。すばらしい本が作れれば本望とか言っちゃって」

「メインは食べずにパンと水だけですか。清貧に徹したいという気高さですね……」

「スタイリストなんだよ。私は違う。賃上げは組合に期待して、団交ニュースも熱心に読む」

「団交ニュース、すごいですね。長時間の団交の緻密な記録が翌日に配布されるとは」

一度だけ執行委員を経験したという。労使が一時金交渉で合意できずに十数時間に及んだ団交メンバーの一員だった。専務が倒れ、組合側の一人も体調悪化するという修羅場だった。

「会社を誇りに思っていた頃です。教養豊かな編集部の先輩を尊敬していた。執行委員会は驚きの世界ですな。一枚岩的で内向き。書物や学問や文化への感度は悪すぎるので」

組合執行部とはたえず一線を画している。ただ活動には注目。組合主催のパーティーにも出席する。組合費を払っている以上、同僚たちとの交流の場は大切にしたいという。

「ユニオンショップって、組合費も含めてすごい制度ですね」。素朴な感想を述べた。

「自動的に組合員になる。徒党を組むのが嫌いな人も、入社時の拒否は不可能です」

そうだ。せっかくの機会にお聞きしてみたい。

「歴代社長はエリート編集者さんらしいですが、経営者としての能力も高いのでしょうか」

「その両面が連動するとは限らない。編集者は偉い先生に接して忖度を内面化しやすい。謙虚で人の話を聞けても、決断力には欠ける。従来型からは脱皮しにくいわけね」

強いリーダーシップを持つというタイプは社内で多くないのだという。

「団交で会社と激しく渡り合ってきた組合幹部さんは向きませんか」

「叫んだり仕切ったりだけの人たちはダメです。この社のトップだと、講演や取材の依頼も多い。書籍編集者としての経験を持たない人など、まず考えられないですよ」

第二外国語を問われて、フランス語だったと答えると、耳慣れない言葉を教えてくれた。

「コアビタシオン。日本語では同居、同棲でしょうか。フランス政治で大統領と首相の立場が異なるがともに政治を担う時に使われる。この社の労使関係も似ていますね」

まるで対応できない話題。その趣旨を尋ねてみた。

「年に何度か会社と組合がテーブルを挟んで激論を交わすのが団交。いわば年中行事です」

「その役を務めるのは演技力もある方ですか」

「その通り。新任役員は身構える。自分たちを突き上げる組合幹部とは何者なのか。それを察知した先輩役員は助言するのでしょう。組合をリスペクトすべきであると」

「暴言を吐けば、同居しているので大事に至るわけですね」

紛糾する団交は数多くても、組合側への暴言はほとんど記憶にないという。というのは、国交よりも重要なのは経営協議会である。毎月一度のこの会議が労使の協調を制度として支える。会社側と組合側の代表が出席するこの場で人事、経理、経営方針など含めてあらゆる主題が報告される。この場での報告もせず組合側の合意を経ないで会社側の独断専行はありえない。

敗戦直後は多くの職場に経営協議会があった。経営民主化と恒常的な経営参加を求めた労働組合の要求でもあり、政府側も必要視していた。だが後に組合の圧力を嫌う経済諸団体の主張で急速に存在感を失っていく。その制度が今もこの会社には生き続けているのだという。

盛田さんの知識量に驚かされる。ただ社員の大半は、執行委員も含めて大昔のことなどは知らないらしい。この職場では経協とは日常そのものだという。定例の会議は月に一度だが、経協連絡と称して副委員長と会社側の担当役員は日常的にロビーで協議している。長年それぞれの主張が並行線をたどる点はあっても、両者の信頼関係は維持されてきたという。

「会社は組合に感謝してきたはずですよ。きびしく追及するけれど、役員全員の即時退陣要求でストライキなどは打ちませんから。統制は取れているし、引き際も心得ている」

「裏交渉などはありませんか」

「ガチンコ勝負です。ただ執行委員は後に職制になる場合も多い。歴代委員長の大多数は職制になった。執行委員などの組合役員を経て職制になる太いルートはある」

　この会社もそうなんだ。ちゃらんぽらんなタイプでは、執行委員になれないのかもしれない。

「六月の執行委員会選挙は一大イベントと聞きました。執行部は毎年一新されるわけですね」

「でも継続している。いうならば、自民党よりも長期政権だね。従来の執行部を猛批判した新執行部は皆無です。でも昔の嫌な圧迫感は消えている。今の執行部には親しい人もいますよ」

「盛田さんのような批判派が執行部を刷新する可能性はありませんでしたか」

「ご冗談はよしてくださいね。組合だけに熱心でコマネズミのように動く人は一番困るの。学問も教養もある超一流の人と仕事をしたくて、編集者になったわけですから」

「あの丸山眞男先生も労働組合が大事だと指摘されていますね」

　盛田さんは思わず微笑んだ。この先生とも浅からぬご縁があったという。

「知識人には市民を励ます使命があった。かなり大昔のご発言です。戦後初期の労組は社会の民主化を担うと期待されていた。その後は期待値も変わったでしょうね」

『職場の群像』の組合もその後、変わっていったのだ。盛田さんは腕時計に眼をやった。

「労使関係からこの社を抉る視点はおもしろいですな。ただ戦後の労使関係にくわしい社員は稀ですよ。刊行物でも労働経済学は手薄です。それはご存じですね」

「ありがとうございました。次の方をご紹介いただければ嬉しいです」

異なる立場の同僚につなごうと約束してくれた。席を立たれるかと思ったら、一冊の本を取り出した。あれ、先日読んだ辛口なOBさんの本だ。この間、ある一点で役員とも対立してきた件について一言だけ説明したい。盛田さんはよどみなく話し続けた。

＊

事務所に戻ると、二人とも不在だった。机の上に国友さんからのメモ。「貴重な資料発見。明日の会議で簡単に紹介してみて」と記されていた。表紙に梅徳という名前が記されている。[21] 中国人かしら。目次を見て眼を疑った。思わず最後まで読み進めてしまった。

翌日の事務所会議。通常の議題の後にヒアリングの対策会議に移った。国友さんはレジュメを用意してきた。五部構成。企業別組合の誕生、電産型賃金の光と影、左派労働組合運動の躍進と後退、経営協議会の有効性、戦後初期の労使関係と現在。一〇枚もあるレジュメ。学術的な背景を調べてまとめられている。今週中に読んでおくようにとのこと。すべてに共通するのは、その時点での理想とは何か。いつまで有効性を持ったのかという論点だという。

「忘れられた功労者――初代副委員長梅徳さんの軌跡」というレジュメを配った。

「この人、名前で損しているわね。それ以上は言わないけど……」

「うめめぐむさんと読みます。お父さまが梅謙次郎という著名な先生」

「そうか。昔から著者のコネで入社できたのね」

直島さんの問いに国友さんは噴き出した。梅謙次郎は明治期に大活躍した法学者。民法の生みの親だという。この社の創業前に逝去しており、この社の著者ではないと指摘した。

入社以前の梅さん。自ら率いる街頭社ではテキ屋を抜擢して、大通りで本を販売した。『帝国議会舌戦史』も編纂。寅さんが大通りで本を売るような斬新な商法と紹介すると先輩は反応した。

「街頭販売を評価するわけね。雨が降れば困る。買い切り制と同じで本屋さんも迷惑でしょ」

亜細亜学生会の一員として、中国を訪問していること。一時期、無産党ファンクラブを結成するなどのユニークな活動も経験していると補足した。

「帝大出のエリートは、三〇代後半でも入社できたわけだ。吉野さん、梅さんが従業員組合の正副委員長とは、岩波らしいわね」

「敗戦直後は珍しくない。年長のインテリ層が組合の先頭に立った。大卒とそれに準じる学歴の持ち主は昭和期に爆発的に増えたからね」

梅さんの貢献を国友さんから尋ねられた。賃金制度を決める際の中心、経営協議会での活躍も資料に記されている。ただ組合役員は短期間だけのはずだと述べた。

「従業員組合結成の二ヶ月後、一九四六年七月に部課長の制度が新設されて部課長は非組合員になった。年末までには吉野さんも委員長を退いています。梅さんもその後に組合を卒業したようです。校正の責任者も務めたが短期間で退職。外部からこの社の別の仕事に専念していきます」

それは創業者が企画した『国書解題』。戦時中にも編集者兼事務主任として関わっていた仕事を実現させるために、退社後の梅さんは再び奔走する。ついに『国書総目録』[22]として一九六三年から刊行されたのだが、梅さんは五八年に交通事故で逝去していることを補足した。

「ずいぶん地味な仕事に従事された方ね」

「いえ国書総目録はスーパースター。古代から幕末までのすべての本を網羅します。その担い手が組合の初代副委員長さんとは驚き。逝去された際には新聞に訃報も掲載されています」

二人のやりとりを国友さんはにこやかに聞いていた。先輩は重ねて問いかける。

「短期間だけタッチしたエリートさんが理想主義的な賃金体系を作ったのね」

「いや。電産型賃金は現時点で理想主義とは言えまい。生活給も戦時中の賃金論の借用だからね」

生活給とは呉海軍工廠で左翼化防止のために考案された賃金思想だという。敗戦直後は食べ物の確保だけで必死な時代。理想の賃金論を模索する余裕もない。左派の世界労連やＧＨＱでさえも電産型賃金を批判した。家族数など属人的な要素が重視されているのも論点の一つだった。

国友さんはさらにディープな話題を示した。この会社と電産型賃金との深き縁。この賃金論の要である理論生計費なる概念は戦時中の新書・小倉金之助『家計の数学』[23]を雛形として導き出されたという。もう一つの意外な事実。吉野さんは岩波の組合から退いた後も、印刷出版の組合運動には短期間関わり続けた。月刊誌編集長を務めながらの献身だったという。

忙しい編集長さんなのに。単組で組合員を卒業した後なのになぜかしらと思った。


「ところで創業者の岩波茂雄氏は戦後の労使関係にどう関わったのかな」

直前のディープな話題にくらべれば、答えやすい質問を投げかけてくれた。

「いえ。組合結成の何ヶ月も前に逝去されています。無関係だと思いますけど」

「本当にそうかな。戦前・戦中でこの社が世間を騒がせたニュースと関わっていないかな」

この社に関わるニュースは数多い。昭和初めというヒントを与えられてやっと正解がわかった。

「一九二八年の労働争議ですね。新聞でも大きく報道されました」

「賃上げを求めたわけ？」。直島さんが質問した。

「賃上げよりも、丁稚さんへの人間的な処遇を求めたのがポイントと思います」

「そこだよ。この争議の意味は父から息子へとどう語り継がれたのか。それを知りたいな」

国友さんにも検証不可能だという。戦後長らく社長を務めた次男は、父との関わりや経営者としての軌跡を何も記していないようだという。さらに話題を変えていく。

「直島君、「海行かば」は知っているよね。作曲者は信時潔（のぶとき）。岩波書店の社歌も作曲している」

国友さんは以前に発見したという。一九四五年八月一五日、敗戦の日に岩波茂雄は何をしていたか。多くの岩波茂雄論でまだ言及されていない点。信時潔と会っていたのだという事実。

「そんなディープなことをなぜご存じですか」。思わず聞いてみた。

「実は二人ではなく三人。その場にいたもう一人の本田喜代治（きよじ）という学者さんが書いている[24]」

梅さんの追悼集にも執筆している人だった。梅さんとの交友を記していた。

「八月一五日の解放感は評伝にも書かれています。お二人と何を語ったんでしょうか」

詳細は不明である。本田さんのご子息は優れたアメリカ史研究者。敬意を抱く人だったとさらに横道にそれた。一転して昨日のインタビューについて問いかけてきた。

「飛び抜けてエクセレントな方です。多くの分野でオタク以上の知識をお持ちでした」

「僕たちも録音を聴かせてもらうけどね。勉強になりそうだな」

「次の取材相手は決まったのかしら」。直島さんに問われて、報告が遅れたことに気づいた。

「岩岡俊哉さん。組合の模範的な担い手。被爆者支援バザーの中心で山形県鶴岡の出身です」

「ワォー。鶴岡だ」となぜか反応する先輩。前日に質問の打ち合わせをすることになった。

第三日　組合のエースは叩き上げの読書家

一月三〇日。私たちは第三会議室で待っていた。強めのノックとともに、大柄の人が入室してきた。社内でお見かけした方。そうだ。初日に食堂で湯呑み茶碗にごはんをおかわりしていた方だ。太い指、大きな顔、胸も肩も張りだしている。見るからにたくましい。

「盛田からの指示で驚きましたが、どのようなご趣旨でしょうか」

遠慮がちに尋ねているまなざしは、二人に交互に向けられている。三つのテーマについて述べようとする私を制して、口火を切ってしまう直島さん。

「被爆者支援バザーからお願いします。もう何十年も組合員の自発的な活動として継続され、被爆者団体からも感謝されているようですね」

岩岡さんは淡々と語り始めた。一九六〇年代の原水爆禁止運動の分裂以後、婦人部が開始して長年継続してきたバザーをのちに組合員有志の実行委員会方式に位置づけ直して、組合全体でサポートする体制にしてきたという。被爆者へのカンパ活動は世間でも珍しくない。でも約半世紀も手作りのバザーを続けてきたのは稀有なことと、被爆者団体からも高く評価されている。

「モノのあふれている時代。工夫しないとバザーは成功しない。魅力的な商品を仕入れ、販売面での工夫を欠かさず。鶴岡の美味しいだだちゃ豆は目玉商品。岩岡さんの貢献ですね」

岩岡さんはあっけにとられている。同感だな。直前の打ち合わせでも出ていない話題。どこで情報を入手したのかしら。狐につままれたような思いになる。

「あの、だだちゃって、どういう意味なんですか」。恐る恐るたずねてみた。

「おやじ。おとうさんという意味です」。岩岡さんは優しく教えてくれた。隣から一声。

「それはバザーの大黒柱である岩岡さんを語る上でマストの知識ですよね」

思わず得意げなポーズ。だだちゃ豆を生産する農家の苦労まで語り出すのには驚いた。

「実は私の祖父ちゃんも鶴岡出身なんです」

いやだ。なぜ黙っていたの。打ち合わせもしたのに。この一言に岩岡さんも反応した。先輩の祖父は岩岡さんのお父上とほぼ同世代。さして遠くない集落の出身だとわかった。

出身校まで尋ねるので驚いた。ためらいがちな一言は叫び声にかき消されてしまった。

「やった。じいちゃんの後輩だ。校歌も歌えますよ。名門校だから土井晩翠が作詞している」

やめて。それだけはやめてと思ったけれど、もう歌いだしてしまった。

　三百年を物語る
　老杉誉(ろうさんほまれ)の曲高く
　古城(こじょう)の畔(ほとり)厳(おごそ)かに

岩岡さんの顔面は紅潮している。インタビューを拒否されたら困る。先輩の肩を揺らした。

「やめてください。ご迷惑がかかります。厳かな取材をお願いします」

私の形相を見て、ただならぬ事態と悟ったに違いない。取り戻された静けさの中で、憤然とした面持ちの岩岡さん。ぽつりと語り出した。

「会議室の壁は薄いんですよ。その昔大声で電話していると、隣の隣の部屋からうるさいと苦情が来たこともあった。今の声はすべての会議室に聞こえたでしょう」

資料を探すより、猿ぐつわを用意すべきだった。岩岡さんなら制圧できたに違いない。

「ではリセットして」。先輩は無神経な一言を発した。暖房の温度を下げてみた。もう。何がリセットよ。敬称にはトルの赤字を入れよう。もうナオミンと呼べば十分だ。岩岡さんはしきりに汗を拭っている。お茶をおつぎしていると、ナオミンは再開した。


「バザー開始時点での被爆者についてお尋ねします。現在とは段違いですね。一九六〇年代にはきびしい生活を強いられた被爆者が多かったようですね」

「その通りです。病気や健康不安で仕事に就けなかった人。被爆者ゆえに結婚や就職を拒まれた人も多かった。戦争の傷跡は至るところに残っていました」

いま深刻なのは生活苦ではない。被爆者にお金を届けるのではなく、被爆者運動への支援というスタンスで継続しているという。

「この点について、補足質問があれば」。いきなりこちらに振るとは奔放すぎるな。

「国内の戦争被害者で、空襲被災者、沖縄戦遺族はより置き去りにされているとの意見も聞きますがどうでしょうか。もう一点、被爆者は現時点で何を求めて運動されていますか」

なめらかな口調で答えてくれた。前者の見解は知っている。組合員で支援する者もいる。難民支援なども同様。組合全体では被爆者支援にしぼっている。地域住民にも呼びかけている。

被爆者運動の求めてきたことは何か。原爆被害への国家補償として被爆者援護法制定を求めた。同時に二度と被爆者をつくるなという思いで核兵器廃絶を訴えてきた。一九九五年に制定された援護法は本来願ってきた法律とは隔たっている。この間は、核兵器禁止の国際条約を求める先頭にも被爆者が立っているという。

「今や国家補償という言葉も忘れ去られています。学習会の講師でもご存じない方がいました」

組合員全員がくわしいテーマではないという。被爆体験と被爆者の戦後史について、バザー関連行事で学べることも限られている。でも長年の継続を誇りに思っている。被爆者は日本人だけでない。かなり以前から在韓被爆者の団体にもカンパを届けるようになってきた。

「誠実な総括ですね」。ナオミンは敬意に満ちた表情になった。

「バザーについて、昔の婦人部ニュースに興味深い一節を見つけました」

ようやく割って入って、準備した質問を述べよう。コピーを岩岡さんにお見せした。一九八七年の新入組合員のバザー参加記。その女性は稲庭うどんの好評について記している。

「編集長として今や著名なこの方は、なぜうどんについてだけ書いているのですか」

婦人部主催の時期の資料などよく見つけましたねと、岩岡さんは驚いていた。

「あなたの疑問ではなく、国友さんの指示じゃない。そんなうろんな資料を出してきて」

「うろんってどういう意味ですか」

「ダジャレではないのよ。確かでないという意味。敢えて主張を抑制した点に、思慮深さは示されているわよ。稲庭うどんより被爆者だとか、被爆者援護法を実現しようとか、定型的な主張を避けている。編集者としての大成も当然よね」

今日のナオミンは妙に冴えている。岩岡さんも紙幅の制約にすぎないだろうと補足した。

「ディープな質問、私もしたくなっちゃうわ。よろしくお願いします」

目力を感じる。ナオミンのテンションは高まってきている。

『原爆の子』[25]はベストセラー。同時に『ヒロシマ・ノート』[26]は一〇〇刷近くになっていますね。一九六〇年代における被爆者の苦悩と六三年の第九回世界大会での原水禁運動の分裂を描くというエッヂの効いた一冊。驚異的な部数ですね」

なぜなの。昨日の打ち合わせとは豹変している。まるでセリフを読んでいるみたい。

「実は『原爆の子』にもご縁ありました。高校を卒業して入社した四〇数年前にこの本の改版に出版部の製作者として携わったので」。六〇年代末の新入社員時代を紹介してくれた。

「すご～い。やはり長年のご縁ですね。新聞記事になっても不思議ないエピソードです」

「でも一九六三年当時は中学生でした。直接には何も知らないですよ」

「この職場も混乱しませんでしたか。岩波労組の執行部は運動の統一を求め続けましたね」

「その通りです。どんな困難があろうとも分裂は認めず、統一していくべきとの主張でした」

「言い換えれば、社会主義国の核実験を擁護して運動に深い亀裂をもたらした側ですね。分裂への過程で責任はより大きいとみなされた前衛党さん系の陣営でした」

ナオミンの鋭い指摘に、岩岡さんは一瞬口ごもって語った。

「『ヒロシマ・ノート』はその視点だね。事実関係と同時に時代背景も見逃せないと思いますよ。日本を基地国家としたアメリカを、やがて分裂する双方とも批判していた。社会主義国への強い期待でも大差はなかった。その全体的な構図を意識したいと考えます」

社会主義国の核実験を擁護した陣営。部分的核実験停止条約に賛成した陣営。両者の責任をどう問うか。言論界における社会主義賛美についても語った。

「そっかぁー。社会主義への憧れを持った人は賢い人にも多かったんですね。今では究極のおバカさんに見えるけど。当時は違ったんだ。岩波の出版物でさえ冷静さを失っていたならば、真に受けた人たちだけを責められないですね」

「半世紀以上前ですよ。短絡的に語れないです。霧深き時代。政党間の争いだけではない」

沖縄の現実や米軍基地に脅かされた列島各地の実情なども取り上げる大会。首長や保守党も参加していた。担い手と政治的志向も多彩。最初から分裂の危険性をはらんでいたという。

一九六三年の分裂以降、社内では夏になると有志の連名で組合執行部を批判するスタンスで被爆者への支援を求めるビラが配布された。このアピールとカンパ活動も長らく続く。その亀裂とは別に、誰もが参加できる活動として婦人部主催でのバザーは始まったという。

「東京オリンピック前年にそれほどバトルが激しかったとは。この年は力道山の没年として意識しているだけでした」

ナオミンの指摘に同意する岩岡さん。その死は中学生にも衝撃的なニュースだったという。

「予定調和ではなかったんだ。岩波の出版物は平和と民主主義を求める人びとを励まし、時にミスリードもした。『ヒロシマ・ノート』に描かれている混乱は、この組合も強く揺さぶった。でもそれを乗りこえる努力もたゆみなく続けられてきた」

ナオミンらしからぬ抑制した口調。エールを贈りたい。

「先輩、感動しました。10カウント入りました」

「まじめな話題を茶化すなって。それじゃボクシングよ。でもその激動の日々を、三流作家にでも『岩波ノート』として書いてもらえばよかったですね」

「大江先生ならうれしいですよ。四流作家の売名に利用されるのは困ります」

ぎこちなく笑った岩岡さんに親しみを感じた。関連して私も一つお尋ねしたい。

「一九六五年の『ヒロシマ・ノート』は、半世紀後の今もなぜ読み継がれていますか」

驚くべき累計部数という。被爆者を描いた無数の書物が忘れ去られているのとは対照的。稀有な才能を持つ文学者の魂が瑞々しく表現されている。被爆者医療に献身する原爆病院の医師。そして被爆者たちの苦悩と生命もみつめた記念碑的な一冊だという。

「被爆者と医師は威厳ある聖なる存在として描かれ、運動の分裂をもたらした党派性の醜さと好対照になっていますね。それを描き出す著者は比類なき記録者だと思えます」

私なりの読後感に対して、ナオミンは同意しなかった。

「安易ではないかしら。被爆者たちを聖なる者。運動の分裂に関わった面々を醜悪なる者として、彼は図式化したのか。半世紀前のその二分法で晩年までヒロシマをみつめ、社会運動に関わり続けたのか。分裂の当事者も戦争で深い傷を背負った人たちよ。全てを指弾できるはずはない」

驚きのコメントだった。昨日の打ち合わせまで『ヒロシマ・ノート』という本も知らなかったのに。たった一晩でこんな感想を言うなんて。何が彼女をそうさせたのか。

「お二人とも鋭い読みこみですね。通り一遍の読書体験では言えませんよ」

岩岡さんは評価してくれた。この本以後の半世紀から学びたいという。ポイントは社会主義国の核実験を擁護する論者の消滅だという。ナオミンは穏やかな口調で語る。

「忘れられた一冊がある。目高七郎さんの『原水爆とのたたかい』[27]は一九六三年の刊行。運動の豊かさを描いた素晴らしい本。ぜひ読み継がれてほしい」

完全に置き去りにされている。岩岡さんも怪訝(けげん)な顔をした。

「日高七郎。そんな人いましたっけ。日高ですか。日高じゃなくて」

「間違えました。日高です。三郎は北島。八郎は春日。七郎じゃなくて、日高の六郎さんでした」

その本は初耳だという岩岡さん。ぜひ読んでみたいという。ナオミンはさらに続けた。

「小耳に挟みましたが、当時の日本原水協の方針を推進し、翌年の中国の核実験に快哉を叫んだ労組幹部のお一人は、晩年に自分たちの誤りを認めて悔恨の念を表明されていた……」

岩岡さんの顔面は再び紅潮した。自分も直接耳にしているという。訝しい表情を強めた。

「次の話題に進ませていただきまーす」。ナオミンは朗らかな声で質問を始める。

「被爆者支援バザーは緻密に予算を立てて、組合費で実施。会社も協力的ですね」

その通り。全社的な行事として職制や役員も支援してくれると岩岡さんは答えた。

「バザーなどの組合活動では、岩岡さんは会社の電話やコピー機をばんばん使っていますね」

岩岡さんはきまり悪そうな顔で質問の趣旨を再確認。ナオミンは表情も変えない。

「世間では組合活動に反発して、足を引っ張る同僚もいる。会社として監視する職場も多い。潔癖症でチェックすれば悪口など言えるはず。でも御社では皆無であると」

妨害はない。意見は多様でも、露骨に組合活動の足を引っ張る者はいないらしい。

「組合は会社と違って柔軟ですよね。組合活動で、夜間や休日に活動に参加すればささやかな活動費を支給している。決してただ働きはさせない。諸行動に際して飲食代も補助する」

自己負担での活動を強いてはいけない。そのスタンスについて岩岡さんは説明した。

「行動費の支給は当然です。会議後の飲み代も節度ある補助額。毎回の半額補助など、節度に欠けた大判振る舞いは許されていません。ただ春闘などの長時間会議の後は補助しています」

労組員の行動費はネットで槍玉に上げられている。日当ほしさの集会参加などという中傷は低次元のデマ。適切な額であることを強調した。

「そもそも質問のご趣旨がわかりません。どのような意図でお尋ねなのですか」

「インテリ芳岡に紹介させます。戦後の従業員組合は労働組合なのか。会社の一部なのかという大テーマと関わった論点です」

今なお論争中の難問。簡潔な説明を求められていた。

「日本の労働組合は、企業別組合なので脆弱であるとの説は強かった。欧米のように企業の枠を越えたユニオンが望ましいとの意見も多い。ただ学界では、企業別組合の長所を評価する研究や職場ごとの団結は当然との説も説得力を持ってきた。この間は従業員組合に与えられた特権について改めて解明する論考が注目されています」

「従業員組合の特権とは何でしょうか」。岩岡さんは機敏に尋ねた。

「組合専従の給料を会社が肩代わり。組合費の天引きを会社が代行するチェックオフ制度。さらに組合室の提供。電話代、コピー代などの経費を負担する会社もあります」

「そうか。それで電話やコピーにこだわったわけね」

コピー代の誤解を解きたいという。組合活動での使用枚数は会社に返金。そのルールが存在している。私用や組合活動で自席の電話を使用できるが、現時点では携帯を使用しているという。

「従業員組合は、特権を与えられて誕生したと言いたいわけですか」

「そうです。労働組合を育てる。労使の力関係を対等にするための竹馬が必要だった。組合は生活共同体でもあり、会社側の負担は当然でした」

岩岡さんは私を見つめた。大胆な仮説をお伝えしたい。

「ある研究者は、「会社に丸抱えの従業員組合は労働組合ではない。最初から会社の一部であったとみなすべき。組合の存在感の弱まりは、その視点で説明すべき」と述べています」

「贈与したのは各企業。日本の民主化を求めるＧＨＱの指令が決定的だった訳ね」

ナオミンも整理してくれた。天井をにらんで岩岡さんは無言を貫く。やがて口を開いた。

「この組合は御用組合とは違います。スト決行を想定して、賃金カットに対応する闘争資金も積み上げてきた。職場闘争で会社と激突する。社会的活動や争議支援も活発です」

「その通り。ただの御用組合とは違う。模範的な組合だったろうと推測します」

岩岡さんは一瞬拍子抜けした表情。その大きなお顔に向けて私も一言。

「戦後初期の労使関係と労働組合の保存された冷凍庫。博物館ものの労使関係に思えます」

この間必死で勉強してきて現時点での仮説だった。もう少し違う角度で言うべきね。

「企業一家主義。愛社精神も含めて労使協調組合。ただ政治的には常にラディカルで政権批判を貫く。労使関係もなれあいではない。職場闘争の存在感もあり。団交も最後にはエールを贈り合うけれど激突する。多くの点で戦後初期が凍結されています」

仕事を抱えての活動は、負担も大きいと岩岡さんは語った。ナオミンは私に問いかける。

「でも組合を脱退して職制になれば、管理職らしく変身されるんでしょうよ」

「真逆の方もいたようです。毎年メーデーで林立する赤旗を見ただけで涙ぐんでしまう元委員長。団交で満額の一時金を獲得した執行部を労(ねぎら)おうと強い握手を求めてくる元委員長」

「変わり者というか。バランスの悪い人もいるのね。どうせ課長止まりでしょうよ」

「いいえ。お二人とも役員まで昇進された。仕事でも大いに評価された方なのでしょう」

困ったような表情の岩岡さんを見ながら、ナオミンは一声。

「あるんだね。昔のまんまの組合活動家も役員になれる会社が。まさか役員会でアジ演説はしないでしょうけど。日本の労働組合の創始者・高野房太郎さんは深い感慨を抱かれるわね」

またしても独自取材を垣間見せる。置き去りにされたくない。まず先手を打とう。


「岩岡さんは入社時から組合を担うホープだったとお聞きしました。出版労連の名委員長だった大先輩も、彼のような人が組合を支え、社会を変えると全幅の信頼を寄せていたとか」

岩岡さんは素晴らしい先輩の病没を惜しんだ。出版労連など多くの組合関係者にその死が悼まれた。組合機関紙の「カベ新聞」、通称「カベ」では岩岡さんが追悼文を執筆したという。

「一〇代入社組では夜間に大学で学んだ人も多い。大学には敢えて行かず、労働組合の活動から学んだ岩岡さん。努力と能力の高さで編集者にも抜擢された稀有な方と聞いています」

恥じらいの表情を浮かべる。謙虚さにあふれている。

「岩波書店労働組合大学で学んだと表現されていますね。会社と労働組合は一体ですか」

「明確に区分できないです。組合活動でヒントを見つけた企画も多いですから」

なぜか晴れ晴れとした表情のナオミン。またも主導権を握ろうとして問いかけてくる。

「一九六〇年代後半には、大企業の組合は変貌していた。でも続々と担い手が登場したこの組合はその後も長らく活気を失わなかった。やはり吉川さん以来の伝統でしょうか」

「吉川?」。岩岡さんの表情が曇った。一瞬無気味な沈黙が走った。

「初代委員長だった吉川さんですよ」

「吉野でしょ。この会社に関心がある方は、間違えないようにお願いしますね」

「ごめんなさい。直島は歴史小説が好きで吉川英治さんのファン。つい間違えました」

「そうなんです。『樅の木は残った』[28]とか」

ピンチを救ったのに元の木阿弥。それは山本周五郎さんよ。でもこの瞬間を逃さない。

「あの。もしや鶴岡出身の藤沢周平さんをお好きではないでしょうか」

この質問に反応してくれる人かもしれない。冒頭からチャンスをうかがっていた。

「もちろんですよ。嬉しい質問ですね」

この日、一番の笑顔になってくれた。熱烈なファンだという。愛する主要作品について、よどみなく語り始めた。真剣に本を読んできた人だ。著者と作品への愛着が伝わってくる。

「いや、たまんなかったです。『たそがれ清兵衛』[29]」

我慢できずに再び乱入する。映画だけ観たのは見え見えでも局面を変えてしまう人。岩岡さんもこの映画ともう一本を語り出す。周平さん、ありがとう。ようやく第一問に進める。


「組合活動にそこまで一心に打ち込まれた動機とは何でしょうか」

六〇年代末という時代とこの職場で出会った人びと。出版物への誇り。先輩への尊敬と組合員としての責任を果たすという思いだった。帰省時に再会する友に、学歴差別・女性差別がない会社だと伝えた。社名に敏感に反応してすばらしいねと喜んでくれたという。

「その理想的な職場に問題点はなかったですか」。ナオミンは揺さぶりをかけ始めた。

経営側と組合側で全てを決めるシステム。役員は社員一人ひとりに向きあわず、組合との合意形成だけを優先してきたと問い詰めている。

「大昔よりは柔軟です。個人の異動希望も会社として把握している」

「今も会社は組合におんぶにだっこではありませんか」

社内報さえ作らず、組合の「カベ」に頼るという甘えぶり。鈍感と慢心を指摘している。

「社の歴史でも大変な局面です。何とか乗りこえたい。皆さんのご指摘にも耳を傾けます。ただ吉川委員長などと間違えて大丈夫ですか。宮本武蔵もびっくりするかと思います」

「あはは。岩岡さん、最高です」。私たちは爆笑した。ナオミンの瞳は輝いている。

「こんなユーモアで女性を酔わせるのね。もうだめ。大きな身体の大ファンになってしまう」

攻めるかと思うと、抱擁したいとほのめかす。全国で物議を醸す一言。戯れ言をかわせない生真面目な岩岡さん。気の毒で見ていられない。


「その昔記者の取材に応えて、Eメールの普及で職場の絆は弱まっていると発言されましたね」

また自分だけの情報だ。よくぞそんな記事を見つけたと岩岡さんは驚いている。

「若い世代の組合員と日常的に深く結びついている。それも評判ですね」

「じっくりと話さないと本音は聞けません。信頼感がなければ、活動は継承されませんから」

そのためにはコーヒー代も酒代も自腹を切る。何のためらいもないという。

「もう一度くりかえします。経営協議会をまだ続けますか。年功序列の賃金制度を変えなくて良いのですか。なぜ組合はその改革に乗り出さないのですか」

私の出番がまわってきた。経営協議会概論を三分で。何人かの研究者の評価を紹介した。

「組合の拒否で経営改革は進まない。足かせだとして戦後初期で機能停止になった職場は多い。誠実な研究者も資本主義になじまない制度と規定していますね」

岩岡さんの表情は曇った。この社では定着している。さらに良い選択肢があれば、それも結構。

出版界では啓林館方式という協議制度も注目されてきたという。

「オルタナティブも模索されてきたのですね。テープを聞いても、御社の経協って本当につまらないです。会社も組合も経営改革へのプランを全く示せないじゃないですか」

「どういうことですか。経協の録音など、認められていません」

鋭い眼光になった。これはまずい。この失言は大事に至る危険性がある。

「ごめんなさい。他社と間違えました」。ナオミンも致命的ミスを自覚している。

「どの会社に経協がありますか。どの会社の経協の録音を聞いたのですか」

「読売新聞かしら。毅然と追及する姿はとても素敵ですよ〜」

「ふざけないでください。読売新聞に経協があったのは敗戦直後だけです」

「失礼しました。お隣の集英社でした」

「でたらめを言わないの。順風満帆の社に経協なんてあるわけないじゃないか」

岩岡さんが右手で机を叩くと、すさまじい音がした。震えあがった私。うっとりしているナオミン。温和な人も怒ると本当に怖い。でもさすがに冷静な認識を保っている。

「ごめんなさい。レクチャーがくわしすぎて、直島の頭はパンクしました。容量小さめ。疲れてくるとでたらめばかりです。お見逃し下さい」。涙ではなく鼻水が出そうになっちゃった。

今や労使対等の経営協議会を毎月開く事例は稀。一橋大学や東京大学の同名の組織は組合とは無関係で大学内外の超エリートが集う協議体だと紹介すると、岩岡さんも関心を示した。こうして長時間の取材は終わった。

第四日　瀬戸際で求められる経営改革

二月五日。木曜日の午後、宮備専務から国友さんに電話あり。私たちに相談したい件があるとのこと。出入り差し止めにはならない。誠実な対応をと国友さんはアドバイスした。

翌週の月曜日に会議室で宮備専務との面談は始まった。今後について相談したいという。

「岩岡君は私に密告などしていません。ただ執行委員会三役の一人からヒアリングの様子を尋ねられて、録音テープの件は伝えたようです」

それが火曜日昼の組合四役会の場で報告され、水曜日の執行委員会で討議された。黙認すべきではないとして木曜日午後一番の経協連絡で会社側に提起されたという。

「センシティブな話題も出ますよね。ただ経協の録音の社外流出については看過できません」

二人して頭を下げるしかなかった。

「取材源の秘匿は譲れないはず。入手経路は追及しません。ただ職場にさざ波を立てたくない。現役社員は組合執行部を最後にお願いします。私は大丈夫。OB・OGは紹介します」

この間知りあった社員の紹介で個別に話すのはご自由にという。ナオミンは弁明した。

「素敵な方でした。嬉しくて、終始はしゃぎすぎておりました。宮備さん、盛田さんはインテリすぎて勘弁してという感じ。岩岡さんには共感できました」

「と言うことは、この間録音をなさってオフィスで聞かれたわけですね」

「やっちゃいました」。重ねておわびしようとする私を軽く制した宮備さん。

「岩岡君の父上と直島さんのお祖父様が、同じ高校の卒業生とは偶然でしたね」

「じっチャンの若き日を思い出しました。謙虚なお人柄で教養ある方でした」

「彼の人間性です。憲法九条を守る活動にも熱心で、書籍も普及してくれる」

「初耳です。九条ですかぁ。でも憲法を守るのは国民の義務ですよね」

「国民の義務という理解にはやや抵抗がある。公権力の暴走を制御するために憲法は存在している。憲法を遵守すべきは公権力であると第九九条に規定されていますね」

「さようですか。でも国民が守っても良いわけでしょ」

「もちろんです。でも九条を守る運動に熱心すぎると、左翼という色眼鏡で見る人もいる」

「岩岡さんは左翼なんですか」

「いえ。この会社の理念を真摯に受けとめてきた最右翼の存在です」

「それならば、親近感持っちゃいますよ」。可愛らしい反応に宮備さんは意外そうだった。

「私はノンポリですが、家系的には右翼の水脈を受け継いでいる。祖父は昭和初期の農村の窮乏に直面して、右翼として農村救済を志した青春期を過ごしています。橘孝三郎（たちばなこうざぶろう）という右翼知識人に私淑したことは一族で語り継がれてきました」


　祖父が右翼になった理由とは何か。天皇を支える土台石になりたかったはずと孫は語った。

「当時の農民運動家の本[30]も編集しました。昭和恐慌後の農村の貧しさは有名ですが、それ以前から農民は二〇時間近く働く場合もあったらしい。その事実に驚かされました」

「担当された著者は知的エリートでしょう。祖父は超インテリの橘孝三郎先生に傾倒したとはいえ、学問のある人間ではありません。もちろん専務さんとは真逆ですよね」

「私は岐阜県の出身。身近に農民は多くいます」

近代日本の農民運動の先陣を切った地域として小作争議が頻発した。だが政治的立場の違いなどで農民運動は分裂。天皇崇拝派も存在した。右翼として農村に関わる運動家もいたという。

「お祖父様と同じ考えの農民たちは、わが郷里にも全国にも多くいた訳です」

「さっすがですね。何でもご存じなのね」

ナオミンは感服した。いやはや。宮備さんの話はここからうねり出す。

「一九二〇年の岐阜県での小作争議を調査した農政官僚は小平権一(こだいらごんいち)。小作人保護策が必要と指摘したその報告、「小平復命書」は高く評価された。その後も優秀な役人として農村・農業政策を推進。一九三〇年の昭和恐慌の対策の第一線でも活躍。後の満州移民にも深く関わった方です」

「はぁ。それがどうしたんですか」。ぶっきらぼうな口調のナオミン。

「小平氏の出身校は長野県諏訪実科中学でした」

「あっ。岩波茂雄さんと同じ」。私は思わず反応してしまった。

「小平氏が数年後輩で創業者とのご縁も深いです。ご子息は数学界で燦然と輝いた小平邦彦先生。よく存じ上げています。『ボクは算数しか出来なかった』[31]というエッセーも有名」

「勘弁してよ。ご本人に悪気なくても、超いやみですね。数学の天才は他の教科も優秀ですよ。宮備さんは平気でこのタイトルをつける。岩岡さんなら思慮深くタイトルを決めたはず」

「それは誤解。単行本を刊行した他社による書名です。弊社では現代文庫での刊行です」

東京帝国大学で学び、ピアノも得意だという著者の略歴を紹介した。

「ごらんなさい。非の打ち所がない方だわ。境遇も能力も人格も異次元です」

「直島さん。卑下しないでください。役者としての才能もある。大学で化学を専攻して、地学への素養もあった。だからこの職場にいるわけでしょ」

まずい。弊社の危険地帯に踏み込んでいる。制止できず、導火線を眺めているだけ。

「ウーッ。そこまで言われるか岩波に。荒波にもまれたむごい記憶が蘇ってくる。プライバシー侵害じゃないか。情報漏洩者をしばきたい……。オイ。言ったんだな」

「彼のことは言っていません。ただ後妻業への転身を国友さんが心配していると……」

「もっと悪いだろうが。なめてんのか」

「ダメですよ。仲間割れしたら。気分を入れ替えて今日の議題に移りましょうよ」

宮備さんは珈琲を頼んでくると言って部屋を出て行った。

「さあ山場はこれから。お互いにサポートしていこうね」。ナオミンはウインクした。程なくして接待担当の女性職員が三人分のコーヒーと新たなおしぼりを届けてくれた。お見事。経営改革に鈍重な会社でも、接待のお二人は迅速な仕事ぶり。私は録音機を机の上に置いた。

＊

宮備さんが戻ってくると、ヒアリングは開始された。ナオミンは優美な物腰で質問する。

「大学や高校やカルチャーセンターなら、宮備さんは最適任です。芳岡は夢中に聴講するでしょう。役員会も教養あふれる議論をなさっている。文化と教養の殿堂なのですね」

「いや役員会では一切この手の話はしませんよ」

「御社はいつもノーコントロール。せめてアンダーコントロールと法螺（ほら）を吹いてくださいよ」

「周囲に悪影響を与える社員もいると。さながら放射性物質だと言いたい訳ですか。その事実はございません。管理と抑圧を好まない社風なんです」

「それはダメ。些細な変化も見逃さない。社へのネガティブキャンペーンを鎮圧する。普通の会社はそうします。真っ先に経営者に批判的な社員様を紹介してくださるとは」

戯れているような口調である。


「盛田君は社を代表する編集者の一人です。彼の批判について、芳岡さんはその内容をご存じのようなので免疫をお持ちだと判断しました」

「素晴らしい方で嬉しかったです」。正直に御礼を言った。

「学問と文化への素養をふまえてのご紹介です。少数派を抑圧しない会社ですので」

「お見事です。その国のナンバー2のご紹介で反体制知識人に密着取材できたわけですね」

その比喩は面白いと余裕たっぷりである。ナオミンはさらに問いかけていく。

「盛田さんの注目すべき表現はアパシーです。医学的な用語ではなく、社内のよどんだ空気を示す言葉。なぜ理想の出版社をめざしてきた御社が、この事態に直面しているのですか」

「この事態とはどういうご趣旨ですか」

「少なからぬ人がアパシーにとらわれている。過密労働は軽減されず、短期間で辞めていく編集者も出てきた。若い世代の離職で、職員数は削減されるかもしれない」

「お芝居みたいに大げさに言わないでください。それが会社の全体像ではありません」

「この職場を象徴するコピーは、わが心に意思はあらず。わが職場に秩序あらず。そうだわ」

「大胆ですね。心はどこに実在しますかね」。宮備専務は皮肉っぽい笑みを浮かべた。

「優秀な集団なのに求心力はゼロ。社員の気構えにも問題はある。最大の欠陥は全社に浸透した放牧の思想。放し飼いで良い。職場は組合まかせで管理や教育を軽視してきたのです」

「その思想をチェンジせよと。それなら具体的なイメージをお聞かせください」

「社員の危機感を強めて自然発生性と訣別する。役員の主導権で一枚岩の組織をつくるべきです」

さしせまる破局という認識を全員で共有する。社員も脱皮すべきだという提起だった。

「直島さんはこの四半世紀の歩みをご存じない。わずか二度目の訪問で大胆なご提起ですね。組合も「岩波書店をつぶさない、つぶさせない」と訴えてきた。今ではそれも組合員の心に新鮮に響いていないでしょう。特効薬はないの。アパシーの発生には根拠があるのです」

「専務さん。言い訳では困ります。内乱を通じて社内革命を起こしましょう」

「そのセンスは嫌だ。役員会の提起に勇気一〇〇倍だとか、経営再建路線をすべて支持するとか気持ち悪くないですか。社長が社内を歩けば拍手がわき起こるような会社にしたくない」

「聡明な社員が会社のメールで役員への不信を扇動している。奴らに経営再建などできないという反幹部的言動のオンパレード。その一方で、異性にメールを送り続けている者も多い。パソコンに向きあっていても安心できません」

何かエビデンスを持っているのかと専務さんは尋ねた。

「ゆる〜い会社では必ず同様の問題が発生する。嘘だと思ったら、メールチェックしてください。総務部長や人事担当者が動けば解決します」

「この会社は社員を監視しない。監視という発想自体をアウフヘーベンしているのです」

「難しいことばを使いますね。美春ちゃん、意味教えて」

「ヘーゲルのことばで、止揚と訳されていますね。その問題意識を批判し乗りこえて、別の次元を模索するという趣旨でしょうか」。ようやく会話に参加できた。

「直島さんの主張は、コンサルタント業務から逸脱した過激思想。レーニン主義的な組織論で会社を改造しようとしている」

「レーニン主義はナイスだな。結果を出せればスターリン主義だって大歓迎です」

「あなた、右翼の系譜と言っていたけど、実は左翼だったのか」

「違いますって。ドラッカーを論じる以前に、初歩から出直すべき会社は多い。最初に試す劇薬としてレーニンさんは効果的らしいの」

「今では悪の権化でも『唯物論と経験批判論』[32]も労作ですよ。マッハ批判も見事です」

「あのマッハさんですか……」

私の一声に専務さんは怪訝な表情。軽率な質問を悔やんだ。ナオミンの愛するレスラーとは別人なんだ。間髪入れずに、オフィス学習会での話題に切り替える。

「レーニン様の権威は、ベルリンの壁の崩壊で最後的に地に墜ちたそうですね。怒りとともに全集を燃やしてしまった人もいると聞きましたけど……」

また失敗しちゃった。このスタンスではナオミンの問題提起とつじつまがあわなくなる。まあいいや。内容を正確に理解していないはず。宮備さんも気にせずにいる。

「レーニンの革命論を受け継げないのはその通り。でも今さらロマノフ朝に戻れませんよ」

「ではレーニン型の鉄の規律で結束しましょうよ」。不敵な表情になったナオミンだった。

「会社の特質もある。上の世代には社会科学の専門家が多い。マルクス学派の碩学の近親者や弟子もいた。それゆえレーニン主義を拒む人もいましたから」

「そうですか。よりによってソ連崩壊後の一九九七年になって、「五ヶ年計画」というスターリン時代と同名の経営再建プランに着手されましたよね」

ナオミンは事前学習を活かしている。専務さんも顔面を紅潮させながら譲らない。

「歳月は冷酷です。その時点ではマルクス派もソ連史に通じた組合員も激減していた。このネーミングの歴史感覚を批判しうる者は稀だったのです」

要求団交と違って原稿もない。立て板に水のように語れる宮備さん。


「先輩、次のモデルに移行しましょう。専務さんはこのテーマでは永遠に話せそうです」

時間はたっぷりあると宮備さんは応じるのだった。

「御社は多様な処方箋をお持ちのようですね。他にはどんなモデルがあるでしょうか」

「月並みですが、二宮尊徳型、損得勘定型、感情移入型、松下幸之助型、総力戦体制型、シロアリ型、信長・秀吉・家康型等々のパターンです」

シロアリ型について専務さんは問いかけてきた。

「レーニン型と共通するリストラを劇的に進める方策です。女王蜂的な独裁者の指令に服従する組織なわけ。能力と運を兼ね備えた最高指導者だけはやりたい放題で自己実現。社員食堂も平等ではない。役職の高い者、社に貢献した者にグレードの高い別メニューを用意する」

「頭おかしいですね。食べることは平等であるべきでしょう。全く支持できません」

宮備専務の口調は厳しくなった。ナオミンの表情も変わった。

「御社に批判する資格はないですよ。社長賞や課長賞など一切の褒賞を否定。すさまじい長時間労働でも賃金に反映させない悪平等。それは平等なメニューを否定する社員食堂と同じく社会のレアケース。南極が北極を批判できませんよ」

「いや長らく能力点も存在していました」

「その点は今立ち入らず、軽やかに進んでください」。調停者として振舞ってしまう私。

「経営相談の導入部で人物を位置づけると有益である。それが御社のご判断ですね」

宮備さんのスマートな問いかけで対論は再開された。

「ビル・ゲイツやスティーブ・ジョブスも登場させたい。でもクライアントの方がくわしかったりする。古色蒼然とした人物でよい。古代史は避けてねと芳岡に忠告しています」

経営改革におけるキーワードを問われた。

「「さしあたってこれだけは」。ベタでも高齢世代に響きます。改革せねば事業継承も世代継承もありえないと訴えます。世代継承が進まない原因は責任者の鈍感さにあると提起します」

「経営改革とか組織の活性化とか、永遠不滅のテーマですね。ちょっとマンネリですよね」

「言われなくても実行しろよという点も多い。ただ信頼関係ゼロの職場も多いので」

「行動科学や心理学の最新研究は意識されていますね」

「ちゃうちゃう。中学生でも理解できるルールだわ。元気に挨拶しよう、顧客の声を第一に。報告・連絡・相談は密がいい。心は一つにしても、社内不倫はゼロにしよう」

大声で読み上げるのは恥ずかしくなると、ナオミンは自嘲した。

「最後の項目以外は支持します。この初歩的なマナーから高次元の話につなげるわけですね」

ノーブルな口調に、噴き出してしまった。つながらない。ナオミンは経営者と密に接しすぎてそのルートを寸断するもの。本人はちょっと照れたようだが何とか平静さを演じている。

「組織の歪みと強みを自覚したいな。改革の担い手は役員会と総務部など管理部門ですね」

「かつて御社に関心を持った国友は、巨大な総務部に驚いたらしいです」。私も続いた。

「総務部は巨大なリストラを実現しました。大昔は掃除も社員食堂の調理も社員が担当しました。運転室には社長車の運転を担う社員が在籍。実働時間は当然短いです。その昔は交換台に社員が五名以上もいました。受付はつい先年まで社員が担当していました」

「すごいですね」。芝居っけもなくナオミンは心底驚いていた。

「交換台にはいたずら電話とかもありましたか」。つい調子に乗って聞いてしまった。

「デヴィ夫人の同級生で飛び抜けて美声の交換手がいた。その声を聴きたい人もいたはず。大事な読者だから、フランス語でごめんあそばせ、暗くなるまで待ってねと言って電話を切る」

「フランス語も必須なんて、さすがですね」

「それは冗談でした。ただ総務部にフランス語が得意な女性は在籍していましたよ」

「私が消えて二人だけで話した方がいいみたいね」。ナオミンは野太い声で迫った。

「直島さんに一喝されれば、二度といたずら電話をしてこないでしょう」

「そういう存在感とリーダーシップある役員会ならば、会社は安泰なんですよ」

ナオミンは一本取ったという笑みを浮かべた。

＊

宮備専務は会社の姿勢を語る。長らく誕生日には全社員とOB・OG等の自宅に福砂屋のカステラが贈られた。その昔は長野県出身の苦学生のために夜間受付という職場もあって、嘱託の肩書きと高給も保証されていた。清掃・ごみ収集等を担う人たちにも配慮している。総務課長はカラオケ大会まで親身にサポート。温かな会社だと信頼されている。

創業者と後継者の意思。人間を大事にする職場をめざすという労使の合意で実現してきた。

「恩義の深い先生方には異次元の対応です。秘書室は重責を担ってきました」

その点の情報開示は不可という。社員と同等であるはずがない。

「すべての人に配慮ある職場ですね。総務部はどう改革を進めたのですか」

詳細を語る立場にないと宮備さんは語った。総務担当役員は多忙につき対応不可能らしい。

アウトラインだけでも教えてほしいと要請すると、了解してくれた。

「改革への布石は七〇年代後半から、組合が将来の経営危機を察知した時期でもあります」

意外な一言で始まった。当時の役員会の内情は不明である。それを視野に入れないと全体像は語れない。ただ組合側が経営陣に警鐘を鳴らしてきた事実は明らかである。七〇年代は複数の名門出版社の倒産というニュースが耳目を集めていた。

「順風満帆だと考えていた人は多い。将来の経営危機をまるで信じない人も多かったですね」

七〇年代から八〇年代も、出版活動は隆盛をきわめた。各部門の出版物は大きな反響を集め、学術書の大型企画も軒並みヒットしていた。戦前・戦中期の権力の抑圧に抗して戦後に大輪の花を咲かせた知識人の存在感も含めて、学問と教養への期待はまだ衰えていないと思えた。同時に従来のアカデミズムの枠を超える、より柔軟で野心的な企画群も続々と刊行され続けていた。新聞広告のスペースを見ても、この社の活況は世間に印象づけられている。

「一言で言えば、この社のリアルな状況をつかむのは社の内外で難しかったはずです」

経営への危機感は社内で共有され始めていた。会社側の見通しを組合側は緻密にチェック。毎年の予算は上積みされて、刊行点数は増大していく。組合は過密労働に警鐘を鳴らし続けた。経営の確かな舵取りも求め続けた。それは予算達成を曖昧にするなという立場である。長時間労働を即時無条件で止めさせる立場ではなかった。

「それでもカステラを贈り続けてきたのですか」

ナオミンの武骨な問いに専務さんは苦笑した。存続を求める声があっても中止は当然だ。社員食堂ははるか以前に業者委託されており、運転室、交換台等の業務も廃止されていく。各分野での経費の見直しと節減は開始されている。一九八六年の中期展望は総合的な経営改革の一里塚。活版印刷からの転換は急ピッチに進められていた。

「誤解されています。各部の独立性は高く、各部内の事情に部外者はタッチできません」

テレビドラマのようなストーリーにはならないと、宮備さんは繰り返した。

「超弩級（ちょうどきゅう）の指導力持つ人はおられましたよね。三代前の社長さんです。社長就任前の団交で売り上げ三割増を公約して、後に見事に達成されますよね」

ナオミンの一言に、宮備さんは驚きを隠さない。私も一言添えた。

「組合委員長として、次期社長の発言を引き出したのは宮備さん。格調高い発言でした」

「まさかそのテープを入手したのではないですよね」

「団交ニュースだけです。テープもあるのですかぁ」

微笑んで宮備さんをみつめた。ナオミンは冷静な口調で語り始めた。

「七〇年代末からの歳月が、ほのかに見えてきます。世間でのイメージと当事者の危機感には落差あり。模範的な組合は苦渋の選択を余儀なくされていくのですね」

「苦渋の選択とは、どういう意味でしょうか」

「日本一の労働条件をめざして、業界内で最高水準の賃金だった時期もある。大幅賃上げの実現は、組合員の団結を固めた。だが八〇年代後半には大幅賃上げの困難を組合員も感じ始めている。賃金要求を否定すべきではない。さりとて、より重要なのはこの企業の持続可能性を構想すること。組合もそちらへ力点を移していく……」

「さすが直島さんは頭脳明晰な人だ。組合幹部としても十分に活躍できるかもしれない」

「典型的なダラ幹かもね。でも組合内には、執行部の弱腰では生活を守れないと不満を強める人もいる。他方ではもう賃金要求を抑制すべきと力説する人も出てきたでしょう」

「お察しの通りです。ただ九〇年代の出版界は活気がありました。弊社の年頭広告も、大型企画の目白押しで壮観です。九〇年代後半には史上最高の売り上げを達成した。七〇年代後半以降を経営危機一色で描いたら実像とは掛け離れてしまいます」

「利益率を上げることとは、御社でも長期間追求してこられたわけですね」

当然であると宮備さんは応じた。生産費、宣伝費、著者印税など聖域は設けていない。

「聖域あるじゃないですか。組合結成時からの賃金制度を維持してきたので」

ナオミンの問いかけに宮備さんはとまどった。

「葛藤はありました。今世紀初めにもちょっと、いや大いなる賃金カットを余儀なくされた」

「当事者には多大なる苦しみですよ。でも経営者としては避けがたい決断。なぜそこで賃金制度そのものを改革できなかったのですか……」。ナオミンはたたみかける。

「でもサービス残業で人件費を抑制できる。意欲ある方は連日深夜まで馬車馬のように働いても一言も文句を言わない。長年の賃金制度にはメリットも大きかったですね」

宮備さんをフォローしようとしたら、厳しい眼でにらまれてしまった。

「両論併記では困ります。オフィスGKⅢの立場を明確にしてください。直島さんは賃金制度の骨格を変えろ。芳岡さんは骨格尊重で良い。どちらが御社の立場ですか」

「御社と同じで討論の炸裂する職場です。来週には正式な方針を決定致します」

「了解しました。決断を先送りせずに、迅速なリーダーシップでお願いします」

優美な物腰になったナオミンに呼応して朗らかに応じくれる宮備さん。

「はい。職場新聞でたえずそう指摘されていますよね……」

ナオミンの皮肉に思わずグハっと笑うと、またも宮備さんは怖い眼になった。


総務部の改革についての具体的な紹介をお願いしてみた。

「経営問題の重要情報。輪郭だけしか申し上げられません」

経営改革の加速化めざして、九〇年代にエースを投入したこと。圧倒的なピッチで経営改革のプランを点検。人、カネ、モノなど全部門の改革に着手したという。

「最難関大学のご出身ですか」。ナオミンが学歴に関心を示すとは珍しい。

「叩き上げ派です。数字に強く優秀で強面。いつもニコニコ頭空っぽとは真逆のタイプ」

「総務部の全員が改革の先頭に立ったのですか」

「とんでもない。気負ってはいけない。堤防が決壊して大水害になる。社風は維持する。合理化と効率化は慎重に模索するという提起でした」

社内の摩擦を高めない。労働実態での問題点は大きい。過労死の認定基準を超える長時間労働は恒常化していた。総務だけで改革できるはずはない。全社員にあたたかく接し続けようとした。

ディープな情報も披露された。人事担当者の決断。力みかえって、昼休みに全社員との対話を始めるという猪突猛進をしなかった。異性の茶飲み友だちと喫茶店へ。以前からの昼休みルーティンをきっちり守り通した。突出はマイナスとの自覚を保ち続けたという。

「ハチャー」。私は思わず声を上げ、ナオミンも続いた。

「マンガチックですね。中小企業の人事担当者なら全社員との対話を始めるべきです」

「彼の判断はすばらしい。優秀な担当者ですよ。豹変すれば社員は警戒しますから」

「総務は社内革命の担い手となる。世間の常識だと思いますが」

「革命を拒否します。穏健な改革しかありえない。病んだ社員の療養を支える。仕事で貢献できない社員も追い詰めずに等し並みに尊重する。全社的な価値観を総務は体現しています」

今世紀に入って、「まだ社員が受付をやっているの」と著名な著者にもよく冷やかされていた。ただ効率優先だけでよいのかと職場は問い続けてきたという。


「役員の皆さんも、戦後の労使関係を護持してきた。要するに究極の守旧派ですね」

ナオミンの更なる問いかけに宮備さんは気色ばんだ。

「社内の雰囲気を悪化させない。それが大原則です。貢献度の低い社員を解雇せよという提案ですか。憎しみで職場を去る者たちは黙っていない。報復の自爆テロの連鎖になるでしょう」

「解雇せよなどと申し上げていません」。思わず口を挟んだ。

「ゆるやかにその線へと追い込めと。それも賛成できない。強く拒否します」

「抜本的な打開策、特効薬はなかったとのご判断ですか。そうよね。委員長時代から編集者は二四時間労働の側面もあると演説されていましたから」

ナオミンの瞳は輝いた。労働協約後文を引きながら、問いかけた。

「それが実感です。就寝後にもタイトル案や企画をよくひらめきますから」

子ども時代の愛読書も量子力学の数式も忘れるはずはない。企画実現に必須なのは熟考とひらめき。ときめきを感じられるテーマを探したい。実務と読書・学問の経験を総がかりに束ね合わせて、著者と相談を重ねる。四六時中その感受性を保ち続けてきたという。

「前のめりの仕事人間で一貫している。組合のエースがその姿勢で良かったんですか」

「熱心な編集者はみな同じです。歴代の社長も、編集部の大黒柱である同僚たちもぎりぎりの努力で仕事してきた。三、四時間の睡眠はせめて取りたいですけどね」

「労働基準法など通用しない職場は無数にある。それは現実ですよ。でも理想を唱える天下の御社で長年すさまじい労働実態は続いた。労基法違反と告発する社員もゼロだったわけですね」

宮備さんは沈黙を保っている。

＊

「それでは私たちも提案型を意識して専務さんからお話を伺いたいです。一九四〇年に店員食堂として創設された食堂の将来構想を先輩からお願いします」

事前の打ち合わせはしていない。ナオミンの判断に任せるしかない。

「利用率は落ちていますね。四〇〇円台半ばでも良いのにその半額。現状維持はありえない。廃止が第一案。第二案はメニューの見直しで、利用率を上げる。アパシーが除去される食材で興奮や覚醒をゲットしていきませんか。メニュー改革で元気が出れば何よりです」

「心配ですね。ニンニクは嫌いな人もいる。むしろ覚醒しすぎないでほしい社員もいます」

宮備さんは興味深いエピソードを思い出したという。

「その昔、リストラ計画としてスッポン養殖事業を構想した編集者がいました。社員二〇名を移籍させ、スッポン養殖と文化事業をセットにした新天地をつくる構想でした」

「その養殖場は諏訪方面ですか」。思わず尋ねてしまった。

「諏訪はちょっと気温が低すぎます。熱海から遠くない温暖な地を考えていました」

「惜櫟荘も熱海ですものね」。創業者の別荘であったことをナオミンに説明した。

「実現性は皆無でただの笑い話。リストラ策なので労使双方からの拒絶は明らかでした」

ただ人事案だけは好評だった。現場責任者として白羽の矢を立てられたのは、総務部の名物課長だった人物。スッポンへの給餌係、生殖行動を励ますリーダーである。

「どんな方だったんですか」。その人物像に興味があった。

「せっかちで早口でぶっきらぼう。色は黒くても腹黒くない。シャツ一枚で汗をかきながら走り回る。……ほら。お前たち食べるんだぞ、しっかり食べて交尾もがんばれ。そら行くぞ」

宮備専務の上品な口調でもユーモラス。私たちは思わず笑った。

ただこの人事に異議も出された。生物通の社員からの指摘である。元名物課長の個性は強い。怒っているのだと誤解されかねない。スッポンは繊細ゆえに心配とのことだった。

「食欲は低下するかもしれない。ストレスでかみついたりすると元課長はなぜかむんだと怒るはず。もっと静かにお願いとスッポンの声は高まる。両者の緊張感は高まっていく」

あれれ。まじめな話なのかしら。思わずスッポンの好物を質問した。タニシなどを好むけれど、雑食性なので人工飼料でも大丈夫と教えてくれた。

「代案が出された。元交換台の女性は、艶やかな声でスッポンを励ませる。最適な提案でした。だがこれも批判された。ちょっと麗しすぎる声に反発する雌亀もいる。美しい容姿と声が、同性に支持されない場合もある。誰もが納得できる人事をという声は高まりました」

「スッポンが飼育責任者の人事に異議を申し立てますか。スローガンをボードに書いたらどうでしょう。「しっかり食べろ。亀よよくかめ」」。ナオミンは苛立ちを隠せずに言った。

「スッポンのリテラシーも多様です。漢字とひらがなを苦にする者もいますから」

「いい加減にしてよ。エリート集団が他愛ない話をして。能書きはいいから、まず養殖場に見学に行くこと。スッポンポンになって、半日戯れてみれば知恵も浮かぶはず」

皮肉たっぷりの一言の後に、忙しい編集者なのによく考えたとナオミンは感心した。

出版事業だけで将来を展望できずという指摘は八〇年代からなされていた。ただ優秀な社員は現実的な改革案を検討する。末端の課員ゆえに奇想天外な新規事業を夢想したらしい。


「このプランは一夜の笑い話。スッポンなら名物編集者の異名として記憶されています」

団塊の世代とその前後にも優秀な編集者は数多かった。ただスッポンといえば、その男性を指すことは明らかという。色艶の良い人。スキーマラソンを完走できるタフガイなのかしら。

「無尽蔵の企画力の持ち主、手紙を書いて著者に面会を求める古風なスタイルです。執筆を断られてもあきらめない。粘り強い仕事ぶりでした」

哲学・思想関係など知的世界で評判になる書目を続々と企画した。キリスト教の異端主義、グノーシスもその一つという。平日も終電の時間帯までは在社している。土日も休みなし。

「顔色はどす黒い。倒れてしまうと心配した人も多かったはずですよ」

だが仕事量の増加をものともしない。管理職にならず同僚の五割増しで働き続けたという。再雇用でもフル回転。その後は自ら出版社を創業するほどのバイタリティである。

特例での更なる定年延長は不可能だった。その点を確かめたナオミンは不満そうだ。

「余人をもって代えがたい存在。九〇歳まで貢献できるのに。もったいないわ。お疲れを感じたら、冷えたビールを用意して私がお酌致しますけれど」

「麗しいお連れ合いは冷えたビールを絶対に欠かしませんから」

やはり等し並みはダメだとナオミンは口を尖らせる。何かひらめいた時の癖なんだ。

「思いつきですよ。スッポン養殖構想のリバイバルって可能性はありませんか」

「一晩大笑いしただけ。現実性はないです。再提案しても無駄ですよ」

すげない返事。大昔は著者をスッポン料理店にご招待する機会もあったが今や無縁という。

「今度は賃金も下げない。温泉の近くでリフレッシュ。アパシーも除去されて知恵は出ます」

「なぜスッポン養殖ですか」。宮備さんは警戒心を露わにしている。

「養殖と文化事業の根拠地として位置づけます。でも隠された本務は経営戦略室です。遠隔地という条件を逆手にとって経営改革と事業構想を加速度的に進めます」

本作りだけで未来は構想できず。少数精鋭の先遣隊で改革をリードする。愛読者によるブッククラブの創設。それと連携した基金構想を具体化する。社の持続的発展はまず金集めから。本社にいなければ大胆な方針を提起しやすい。ナオミンは一気に語りおろした。

「スッポン養殖を軽視していますね。奥も深い。多くの担い手を必要としますよ」

「スッポンは主戦場にあらず。ＯＢとＯＧの応援に期待します。その際に昔の仲間と共同生活を望む人もいるから、終の棲家も確保したい。その誠意を示してフィナーレでのお願いです。スッポンの丸鍋のように資産を丸ごと基金へ寄せてと。ためらわず要請したい」

「元社員の資産で基金を実現しちゃうの……。遺贈に頼るとはずいぶんあこぎな構想ですね」

「ご本人の意思を尊重します。異議なしという方とのみ個別に御相談します。福砂屋のカステラは常備。法律相談も行います」


「そんなプランをいつ考えたのですか」。呆れ顔になっている宮備さん。

「たった今ですよ。その昔のプランを無駄にしたくありませんから」

「現状では各職場の人員の補充に苦慮している。一つの器を維持するのに精一杯ですよ」

「御社の『ショック・ドクトリン』[33]を読みました。サブタイトルは「惨事便乗型資本主義の正体を暴く」。評判の一冊で著者の名前もすばらしいです」

「なるほど。ナオミ・クラインさん。多くの論者の引用でハイピッチで重版を重ねている」

「インパクトある本ですよ。でも苛酷な現実に人間は抑圧されるだけだろうか。ちょっと違うと思ったわけ。困難に直面した人たちは会社を発展させる担い手になるかもしれない」

「斬新ですね。この本を一ひねり。資本主義の原罪と新自由主義の暴走という現実を逆バネにして、未来を担う人材は生まれてくるという視点ですね」

宮備さんのすばらしい感度で、ナオミンの意気は上がっている。

「アパシーから脱却するんだ。今こそ導火線に火をつけよう。新天地で蘇る人もいるでしょう。「新しき村」のような牧歌的世界ではいけないな。でもケアの精神は必要かしら」

「激しくぶれていますね。「新しき村」の批判ですか。ケアの思想の探求ですか」

「宮備さんこそ矛と盾。ご自身は過労死危険水域なのに等し並みを主張してきた。もし過労死が頻発すれば専務としてどうしますか。ケアレスミスと弁明できませんよ」

「スルーしていませんって。労働時間が短くても病人は発生します。対応を怠っていません」

本社から遠くに根拠地を作る。その点だけは評価したいと反応してくれる宮備さん。

「着想はおもしろい。遠く離れた地から本社を見つめる。二〇世紀の亡命知識人の偉業と響きあうね。ただ時間は切迫している。二年も努力しての失敗は許されません」

「何十年と空気が淀んできた上での現状です。斬新な改革案を採用しましょう」

「企画決定時に権威ある先生のご推薦をいただくことがあります。どなたかのお墨付きをいただけますか。ナオミ・クラインさんを騙(かた)ってもダメですよ」

ナオミンが口ごもってしまったので、すぐに反応した。

「存在感ある物故者はだめですか。ひらめいちゃいました。直島のイメージは楽園の対極。「新しき村」より苛酷な現実。足を踏み出せば荒海。板子一枚の下は地獄ですから」

「どなたからの推薦ですか……」

「タキちゃんです。もう一度起ち上がれというメッセージ。白樺派的な世界との訣別です。亀の一種であるスッポンの登場でプロレタリア文学とコンサル業務は一本の線でつながる。小林多喜二の代表作は『蟹工船』[34]。岩波の新たな挑戦は亀工船」

「うまいっ！　初めてのクリーンヒットじゃない。どうですか専務さん」

ナオミンは本気で讃えてくれたのに、返ってきたのは嘲笑だった。

「全く賛成できません。白樺派とは特別のご縁です。役員にも社員にも直系の者がおりました。プロレタリア文学を上位に置く会社ではありません」

「多喜二の本も刊行していますけど」。反論してみた。

「文学史に名が刻まれている。壮絶な人生に敬服します。どの知的遺産にも意義はあります」

「無難にまとめましたね」。ナオミンの合いの手に宮備さんは反応した。

「文学史に通じていれば、志賀直哉と多喜二に関わるエピソードを連想するはずですよ」

白樺派の中心人物である志賀直哉は多喜二の才能を評価していた。一九三三年、特高警察に虐殺された際には多喜二の母に弔意を示した。日記には暗澹（あんたん）たる思いと多喜二らの意図がいつか実現するに違いないと記されていたはずだという。その一方で、前年の多喜二への書簡の一節も、近代文学研究には不可欠の視点となっている。「小説が主人持ちである」という批判。その文学は政治に従属しているとの趣旨である。

「志賀直哉と小林多喜二との間に、そんな出会いと緊張感もあったのですか」

知の水脈はどれだけあるの。源泉の湯気が噴き上げている。ナオミンはまた不機嫌だ。

「理屈で説明しちゃうのはインテリの悪い癖。若い世代は萎縮してしまうはずよ」

硫黄臭の薄い湯気は宮備さんの頭から立ちのぼっている。

「人間の脆（もろ）さを認めてください。惨事に直面すれば落ち込みます。敗戦直後とは違うんだ。どん底の辛さから明日の希望を妄想、いや構想できるのは直島さんだけです」

「過剰反応よ。たたき台を全否定する。こういう会社では、何も提案できませんね」


その時、ナオミンの頑丈な両手はぶつかり合って大きな音を発した。声も弾んでいる。

「納得できました。「社内不倫はゼロにしよう」というスローガンに反対した本当の理由です。人間は弱い存在。立派な目標を掲げても無理だというご趣旨なんだ」

「こだわりますね。社員のプライバシーに介入しない。それが社の方針です」

「ブレーキをかけないと煩悩は全開します。持てる者と持たざる者、異性にもてる者ともてない者との格差でルサンチマンは増幅され、組織は蝕まれていく」

「なぜこだわるの。男女同室でもドイツ語の勉強会をしているかもしれない」

「頭の中はお花畑ですね。弊社の業務で、不倫がらみの訴訟とも直面します。二人して密室へと向かう場面の写真は……」

「局部を攻めないでください。品格が落ちますのでご注意ください」

ストレートな一言になってしまった。宮備さんは笑いをかみ殺している。ナオミンはこだわる。

「ギャップがありますね。御社は自立した個人による社会をイメージ。私たちが出会う方の多くは集団に埋もれがち。屈折を抱えて逸脱者を責めたくなる人たちです。庶民は不倫に厳しい。道徳や秩序に同調してきた苦労人は多いのです」

その視点は理解できると宮備さんは語る。中学の同窓会で地元の大家族に嫁いだ女性が自分の通帳を作ることを禁じられたという話を聞いた。レアケースではないらしい。戦後七〇年経って、個人は尊重されているかを考えさせられたという。

へそくりは持っていたのではないかと問いかけたナオミン。角度を変えていく。

「御社もダブルスタンダードよ。個人の尊厳を重視した社風でも、組合は「等し並み」。労働時間や貢献度を度外視して、横並びを重視した賃金を実現した。労働組合の掲げる平等の思想とは横並びでもあった。組合の弱体化は、その実態を多くの組合員が自覚したからですね」

私はにわかに胸の鼓動を感じていた。

「変なことを思いつきました。怒らないでください。なぜ社員のプライバシーに介入しないのか。裏事情もありますね。入社したときに、会社から全社員に贈られるものです……」

「あっ。カステラだっけ」。ナオミンは誘導に引っかかってくれた

「カステラは誕生日。入社時に贈られるのは安倍能成先生の『岩波茂雄伝』です」

宮備さんはけげんな顔をしている。

「創業者の茂雄様は二〇世紀日本の代表的な出版人。それだけでなく艶福家。モテ男でした。妻以外の女性と浮き名を流したという事実は存在しています。社員のプライバシーに介入しないのは、創業者の人生をふまえてのご判断ですね」

「熊みたいでも、もてたんだ。そうだよね。学歴も名声もある大金持ちで晩年は貴族院議員。茂ちゃんとか呼ばれて、女性たちの憧れの的だった。似た名前でも毛虫のように嫌われて人生閉じる御仁も多いのに、この茂ちゃんは特別。肉体的にも exclusive で excellent だった」

「そんなにすごかったのですか」。素っ頓狂な問いかけに対してけたたましい反応。

「証言能力あるかよ。想像だけよ。実証できる資料を探しなさい。歴史を研究したんでしょ」

「強く異議を申し立てます。故人の名誉の侵害は許されない。ご一族や郷里の人たち、とりわけ信州風樹文庫を支えている方々を思えば、容認できません。興味半分に扱うな。それを活字にするならば告訴する。パンツ一丁になっても強く要請します」

宮備専務、最高水準の憤怒だった。

「異議なしです。そのご要請に正対して、発言をすべて撤回しちゃいます。ペチャ」

動揺してユーモアで撤退を試みた。ナオミンは戦線を離脱するなと私をにらむ。

「今頃そんなこと言ったって、何十年間もその一冊を活字にして世間に広めてきたのは御社だ。いくら種まきマークの会社でも、創業者のスキャンダルの種までまくとは。企業防衛の観点ゼロじゃないか。プライバシーはどうなるの」

「名著です。その栄光と苦難を描いている。著作への敬意ですよ。お妾さんにこだわらないの。著者を支え続けて名著を刊行し、日中戦争にも批判的だった姿勢に注目してください」

ここで軌道をぐいと修正していこう。

「安倍先生はパパラッチの対極です。円満なご夫婦に亀裂が生じた。離婚を決断した茂雄様と拒んだ奥様。その葛藤を淡々と描き、不倫しちゃった事実も格調高く描きます。私は茂雄様もヨシ様も理解したいです。創業時からお二人で苦労を背負いました。全篇が感動的です」

一瞬、ナオミンは沈黙した。組合総会の議長役にならなきゃ。

「ただいまの発言に対して、ご異議ございませんでしょうか」

黙るはずもない。ロープへと走ってその反動でダイブしてくる肉弾戦士。

「弁解しても不倫は不倫なのよ。創業者からその一点でも引き継ぎたい。そう思う社員さんを絶対に責められないわ。出版人としての偉大さは真似ができないもの」

「学問や書物への敬意を持たない者です。その種の情熱を燃えたぎらせているのは」

「というと、やっぱり社内不倫はグイグイですかぁ」。つい口走ってしまった。

顔色を変えてしまった宮備さん。親指を突き出して賞賛と連帯の意思表示をする人。

「この建物で危うい物語は進行中である。五階には美しく聡明な女性が密集していると聞きます」

「外校正の女性が、編集者さんと打ち合わせしている姿は知性あふれて神々しく見えます。この階は校正部と児童書と自然科学書の編集部でした」

「よく覚えていますね。たった一度通り過ぎただけなのに」

宮備さんは私の記憶力など信用していない。中堅大学の出身者は見くびられるのだ。

「その二つの編集部は、美しくて能力高い女性ばかりだわ。児童書は御社の看板。それに理科系女子って、私は別にしても優秀で素敵な人が多いから」

「どのセクションにも麗しく優秀な女性がいる。どの出版社でもどの業界でも同じですよ」

「またまた。ポリティカルコレクトネスの塊はダメ。正直にお願いします。児童書も自然科学書も優秀で麗しい女性だけ。君なんて入社できないと言ってください」

「自然科学書の女性は大先輩も含めて優秀です。容姿は意識しないけどね」

　ナオミンの頬はぴくりと動いた。ついこちらの唇も反応する。

「お連れ合いがとても美しいから、麗しい女性にも驚かないのですね」

「現在形で表現してくれた。芳岡さんありがとう」

　宮備さんは笑顔で応え、ナオミンに対しても同じ表情で話しかけた。

「そうだね。直島さん的なタイプは一人もいないな。でもユニークな女性編集者は自然科学書編集部にも何人か在籍しました。中華、フレンチ、イタリアン、和食だけでなく食文化は多様だ。民族数は少なくても、風土と地域の個性は無数の料理を生み出した。それがこの列島の食文化ですね。この小さな社屋も生態系。多様な個性を持つ生命体で維持されています」

　多様な生物相の前に、料理という意外な話題を振ってくる。凡人とは異なる思考回路だ。あの本の感想を手短に述べてみたい。

「ウィルソンの『生命の多様性』は素晴らしい本。この会社と響きあいます。活動量の多い人、生産力の高い人もいる。煩悶を続ける人、もうまったくの人もいる。御社は種の多様性を尊重する一神教に帰依してきた。全社員の放牧を実現してきました」

「お言葉ですが、社員食堂も維持し続けています。草を食べさせている訳じゃない」

「はい。了解します。社員の方は羊や牛とは違って好みも多様です。ベジタリアンもいれば、毎食ぜひ焼肉を食いたいと熱望する女性もいる。いずれ昆虫食をリクエストする人も出てくる」

宮備さんは拍手してくれた。

「見事な論点整理です。ウィルソンの思想が一つの共同体に息づいていることを見出して、その厳格な一神教への帰依と放牧の思想との親和性と緊張感を浮き彫りにした。最も根源的な欲望である食の多元性を尊重して、牛の四つの胃袋で反芻させてから焼肉偏愛主義へとストーリーを展開している。その手腕はまさに一流作家の想像力のはばたきですね」

ナオミンはふてくされている。

「何を言ってるんだよ、難しくてわからねぇ。二人で響きあうなと言いたい。そういう知性偏重主義では後手を踏むんですよ。五階に素敵な女性が多すぎるんでしょ。美女を駆除できない以上、ガードするしかない。ちょっかいを出す者への対抗策は専守防衛の枠内です」

「さすがＧＫⅢですね。でも経費節減の折にガードマンなど配置できませんよ」

「総務部長にご足労いただくとか。この階の男性社員が交代でそれを務めるとか」

「直島さんはちょっとセンスが古すぎますね。昔のように対面で告白したり、机の上に手紙やメモを置いたりという旧式スタイルは廃れています」

「そうよね。メールで送ればいい。間違って一斉送信さえ避ければ」

「それにガードマンが恋心を抱いたら困るじゃないですか」

さすが専務さんはリアルポリティクスを重視している。

「もう四時間経過しました。本当にありがとうございます」

「もう頭がくらくらしてしまっている」。青白い顔をして素の一声になったナオミン。

「時間はまだ大丈夫ですよ。逃げない男です。意見の異なる人とはとことんお話しします」

「もう限界です。あと一週間で終わり。やっと厄介ばらいできますね」

記念撮影をしようと宮備さんがスマホを取り出すと、ナオミンは険悪な表情になった。

「私は結構です。不細工ですし、頭パンクしそう。二人で撮ってください」

いつもは撮られたがるのに珍しい。接待の人に撮ってもらおうと宮備さんがドアを開けると、会議出席者の食事の用意で忙しそうだ。その時に宮備さんは片手を上げた。

「あっ堀根さん、お久しぶりです」

OBだろうか。定年後の男性だった。出版労連の書記だった方で労使関係のプロだという。名刺交換をするといつものナオミンに戻って、堀根さんの撮影に応じるのだった。

「芳岡さん。伏し目がちにならないで。肩の力をもっと抜いて。いや直島さんは気魄漲るポーズ。素晴らしい表情だね。はい。撮りますよ」

この日のヒアリングは終わった。帰り道、疲労困憊だと愚痴っていたナオミンは熱を出して翌日から休んでしまった。国友さんから、ぜひ取材すべきというOBの名前を教えてもらった。そのお名前を宮備さんに伝えると、最適任なので仲介してくれるという。

第五日　吉野源三郎。女性社員。ユニオンとマルクスと

三日後、京王線の駅の改札口でＯＢの荒牧勝太郎さんとお会いした。リラックスした服装で大柄の穏やかそうな方である。駅前の喫茶店に入った。専務さんは同世代。荒牧さんが編集長をしていたセクションで一緒だったという。退職して四年経てば、会社とも疎遠である。コンサルタント事務所からの取材とは意外だったと話してくれた。

「その昔、万歳三唱についての企画を模索されていたと上司から聞きました」

「もう四〇年も前ですね。所長さんはそんな昔のことをご存じですか」

その昔、荒牧さんの講演を拝聴した。最初に著者ありきではない。素朴な疑問から出発して、探究する過程が心に残ったというのが国友さんの感想だった。

「恥ずかしいな。著者も決まらなかったのに。覚えていてくれて嬉しいです」

庶民のつぶやきに敏感でいたい。気負いもなく、入社当初からそれを意識してきたという。子ども時代から万歳三唱は印象深かった。高揚感に満ちたあの瞬間はいかに考案されて、全国に広がったのか。それを知りたかったという。

「万歳三唱をしたことはありますか」。荒牧さんに問いかけられた。

覚えていない。小学生の時かな。最近はテレビで見るだけと答えた。

この話題は多くのテーマとなじんでしまう。ナショナリズム、天皇制、戦争体験、戦後体験も含

めて。企画を実現しようと何人もの研究者に相談した。ただ万歳三唱の専門家は存在しない。庶民はこの瞬間に何を思ったのか。親たちや年長世代の思いを聞いても、謎は残り続けていた。沈黙を強いられている日常。響きあう声と胸の高鳴り。万歳三唱の空間をたどりながら、関連企画を実現できた。でも肝心の万歳三唱は企画化できなかったらしい。

「吉野さんを学生時代から尊敬していたとうかがっています」

自分もその一人。畏敬の念を持つ人は周りで多いという。吉野委員長にどう光をあてるかに興味を持つという。労使関係の根幹をつくった点に注目したい。労使関係で育まれてきた理想は会社を発展させ、同時に経営改革が不可能の会社になったという疑問を述べてみた。

「面白いけどね。角度がつきすぎているかな」

昔の組合幹部は吉野さんの功績を讃えた。その権威で組合をアピールする人も多かった。その裏返しにも思えるという。組合委員長なる肩書きへの強い敬意は持たない。敗戦直後は幹部社員が組合を率いる時代だったらしい。

「労使関係に致命的な問題はありますか」。ストレートに問われてしまった。

「信頼関係はすばらしいです。ただ経営側が組合にお伺いを立てるシステムですね」

経営者の暴走を阻む制御装置。その点で経協は機能する。良き改革も組合が不同意ならば着手できない。経営改革の制御装置ではないかと申し上げた。

「一方で、評価すべき点もありますか」

「人間を信じる温かい社風です。女性差別を許さなかった。心身を病んだ社員を支えてきた。学歴で生涯賃金が大きく差別される世間の常識を拒んだ点も立派です」

「組合への好き嫌いはあるわけです。社会や政治への関心を強く持つゆえに一線を画した者も多い。でも吉野さんへの疑問や労使関係の光と影を議論した思い出は少ないね。この社は良い本を作りたいという思いでつながる。組合問題を煩わしく思う者も多いです」

荒牧さんは若くして職制になった。組合との適度な距離感を保ってきたという。

「三〇数年前の時点から、国友さんはこの社に対して批判的視点をお持ちでしたか」

「当時は何よりも敬意だと想像します。御社は昔とさして変わらないと予測していました」

「吉野さんへの畏敬の念も変わらないですね。初代委員長の構想に問題あれば、後輩たちが変えるべき。その努力を怠ったことを問題にするべきでしょう」

一刻も早く是正すべき点は何かと問われた。経協だけに頼れば、自縄自縛は続いていくとの懸念を述べた。荒牧さんも違和感を持ったことがある。組合総会の場面であったという。

「組合員の意思を確認する際のかすかな違和感だね。手続き的な不備ではない」

経営協議会での経協委員の対応の是非については総会で確認する。「ご異議ございませんか」と議長は発声での意思表示を求めて「異議なし」という声で確認。総会に至る前段での職場会でも経協報告をして意見や感想も募っている。組合員の声は聞き取られている。

「疑問点について、職場会で意見を言ったこともある。総会では発声でなく、挙手で投票にせよとも思わない。「異議あり」でも「異議なし」でもない人たちを意識したいだけ」

組合総会のテープを聞いても、何も疑問に思わなかった私とは違う。

「そういえば、万歳三唱の歴史への関心と相通じるわけですね。万歳の瞬間における人びとの気持ち。沈黙したい人。かすかな違和感を持つ人は、どうふるまえるのか」

政治的思想的立場の違いで相手を否定しない。それがスタンスだという。委員長を務めた先輩の中にも親しい人はいる。ただこの労組を絶賛する立場ではないという。

「執行委員会は仕事には役立たない。あまり面白くないね。同世代と親しくなれたけれど」

市民運動は入社前から経験していた。労働組合のセンスはまるで異質だと入社早々に痛感した。組合の主張はわかりやすい。ただ紋切り型になりやすいという。

「この組合の話法は知っているかな。七〇年代バージョン……」。淀みない口調で始まった。

現政権の悪政で社会の矛盾は激化し、インフレと物価高で国民生活は脅かされている。大幅賃上げは万人にとっての願いだ。一方で混迷する現代社会を生きる人々にとって、この社の存在意義は益々高まっている。全組合員の団結で更なる賃上げと労働条件の向上を勝ち取り、職場の民主化を実現していこう。その上で単産の全労働者と連帯して働く者の権利と生活向上のために奮闘しよう。私たちの要求を実現する最大の保証は政治の革新だ。その大目標に向けて、統一と団結の力でがんばろう。最後の最後まで闘おう。

「すごいですね。もう何十年も前なのに、完璧に暗記されていますね」

「コアの考え方で固定的。賞味期限は永遠で一瞬だ。社内の状況は変動しており、要求団交の前文はこの何十倍の長文になる。データを織り込んで見事にまとめるわけ」

「読みました。質量ともにさすがにハイレベルだと思いました」

「定型がある。それを基に肉付けするので創造性はいらない。思想的な問いかけも弱い。紋切り型でバカそのものと酷評する組合員もいる。でもそこは評価すべきでしょう。創造性と思想性に欠けているから、誰もが理解できるわけ。具体的な状況をどう織り込むのか。要求の説得力は鋭く問われる。執行委員会では何時間も緻密に議論する。その手腕は鮮やかです。職場の実態。現在の新たな焦点は何か。データもふまえて説得力を高めていきます」

「組合の基本方針に疑問もあるという発言は組合の団交委員には許されませんね」

「当然です。執行委員会では自由に議論できます。同質的な空間なので異論を表明すれば反論されるけどね。団交は伝統芸能で従来型を受け継ぐ。そのパフォーマンスが求められます」

「自説にこだわれば、伝統的な儀式を壊してしまうわけですね」

「祭りの御神輿(おみこし)です。誰でも担げる。伝統を受け継ぐわけです」

「ためらいを感じる主張はありましたか」

「七〇年代の賃金水準は高かった。それでも我々の生活は今なおきびしい。大幅賃上げが求められているという生活実感を踏まえての要求にする。そのスタンスは気恥ずかしかったな」

スライド制賃金で七〇年代の賃金上昇はめざましかったことを、私も耳にしていた。

荒牧さんは補足した。一企業内での闘いではない。出版労連、全印総連という単産全体の闘いの牽引者になる自覚は強かった。争議を熱心に支援した。ただこの単組で獲得した賃金も制度要求も他単組へと簡単に広がるはずはなかった。

「この組合の弱点とは何でしょうか」

「視野の狭さかな。世界の中で日本を問う視点は弱い。政権との対決点である政治課題は鋭く位置づけても、アジアや世界の現実への問題意識は弱かったです」

盛田さんに教わったことを尋ねてみたくなった。

「月刊誌の論調や社の編集方針と労働組合のスタンスとの間にはギャップがありますか」

ありうるという。月刊誌に韓国の記事がこれほど多いのはなぜかとの組合員からの疑問に応えて、編集部員が組合機関誌に連名で執筆した経緯もあるという。お聴きしたい点を思い出した。

「昔はこの労働組合でも、インターナショナルという歌を歌い続けてきたのですね」

組合に限らず多くの場で歌われてきたという。特定の党派・潮流の歌ではなく、社会変革を願う人々が共有してきた歌。パリコミューン以来の歴史を感じてきた人も多いはずという。

「ソ連共産党の党歌でも迷いなく歌えたのですね」

『職場の群像』にも大手自動車会社の組合で皆で歌っていたと記されていた。

「党歌と意識した人は稀のはず。ベルリンの壁の崩壊で知ったのだろうね。その場の雰囲気で歌った人と、決然たる思いで歌った人がいるでしょう」

学生時代の「プラハの春」の記憶は荒牧さんにとって生々しい。チェコスロバキアの民主化運動を戦車で弾圧したソ連政府を讃えたことはないという。コーラス部の一員だったので歌の魅力にもとことんこだわる。この歌を今なお歌いたいかというと、否だという。

「ロシア革命のみならずパリコミューン以降の歴史が問われているとの見方もありますか」

国友さんのコメントをそのまま借用した。

「お若いのにくわしいですね。ロシアも中国も社会主義以前に長い歴史があったのですよ」

ロシア、中国に精通する社員も多い。ロシア語の達人の清楚な女性も在職している。創業者も一九三〇年代にソ連を訪問。中国へは長らく本を送り続けている。次男である元社長もソ連や中国への関心が強かった。もちろんその政治体制を讃えていたわけではない。

「万歳三唱をした人。インターナショナルを高らかに歌った人。全く別々の人でしょうか」

荒牧さんの表情はかすかに曇った。

「二つを続けて行うのは珍しいはず。比較するならば万歳三唱は十数秒。インターナショナルは一分半ほど続き、歌詞も思想性を持つ。万歳三唱は無思想というか誰でも参加できる。でも時にはイデオロギッシュである。……。そうか。あなたの問いはなかなか刺激的だね」

キーワードは精神的高揚感だという。すぐに燃え上がってしまうタイプは社内にもいた。生気のみなぎるその瞬間。それに抗って口をつぐむのは勇気を要すると語った。


「ボクの趣味は音楽関係の他にもう一つあって……」

「はい。投稿マニアとしてつとに著名な方としてうかがっています」

「そんなことまで知っているんですか。まさか……」

「はい。渋谷の間坂(まさか)という坂の命名者でもあるとお聞きしています」

大仏様のような笑顔は揺れて近づいてくる。限りなく無垢なお人柄に思えた。

「参ったな。情報提供者は想像がつくけれど……。昔から息抜きで洒落たフレーズを考えるのは好き。真っ正面からの大批判や壮大な理論展開には向かないので」

「編集長としてご多忙の日々にひらめかれた」

「ええ。周囲からは忠告されました。投稿するなら筆名にせよ。腹巻、伊達巻、小巻などはどうか。でもコマキストもいるからダメかと」

「コマキストって、どんな思想的立場ですか」

驚きを隠せない荒牧さん。同世代で誰もが知る女優さんだったらしい。スマホで確認すると正統派美女で麗しすぎる容姿である。新劇の存在感があった時代で映画でも大活躍だったらしい。

「投稿も組合と無関係ではないね。組合のスローガンでは、川柳にならないから一工夫する」

風刺や諧謔は欠かせない。スローガンとは一味違うセンスを磨いてきたという。

別の話題を振ってこられた。産業映画で著名だった岩波映画のこと。同社の作品や他社でこの出版社の労使関係や組合活動は映像化されていない。この社への関心は本作りに集中する。国民的な権威を持つ辞典への注目度は常に高い。

「映画人が撮りたいのは苦難に満ちた現場や後世に残すべき文化。恵まれた労使関係などは関心の外になる。でもそこにも問題点はあったのだ。それが御社の問いかけですね」

「でも当然かもね」とつぶやいた。理想を掲げる集団は矛盾を背負っていく。最大時でも四〇〇人未満の社内にこだわるまいと考えてきたという。

「大昔からの常套句があります。社内にいたらダメ。外で多くの人に会いなさい。この一節への思いは各人で異なる。この社を社会だと誤解するな。この職場だけに関心がある者はまともな編集活動などできぬ。その文脈での警句として表現した人も多いでしょう」

べ平連など社会運動への関心は一〇代から強かったという。日本企業の東南アジア民衆への抑圧。その現実を伝え、新たな世界像を模索してきた市民運動に共鳴してきたらしい。小学校時代から新聞を熱心に読んできた一人。六〇年近く社会を見つめ続けてきたという。

「『バナナと日本人』[35]をいつか読んでみてください」。未知の本を勧めてくれた。

*

吉野さんについて再質問したい。一九七六年に組合機関誌『スクラム』に掲載された論文を職場で勉強したとお伝えした。七〇代後半での見事な三〇枚と感想をお伝えすると、二年前にも『同時代のこと』[3]という名著を書いていたという。もちろん旧南ベトナムからのボートピープルの流出。中越戦争と経済的苦境。抑圧的な政権。その後のベトナムの矛盾は予知できていない。

「にもかかわらず、一九七五年四月三〇日、サイゴン解放の感激を忘れられません。吉野さんの一冊はそれを成し遂げた人たちへの讃歌なのです」

真剣なまなざしだった。当時をただ知識として語っているだけではないという。

「時代の変転によって、たとえ名著でも忘れ去られますか」

「一般論では語れないな。組合的な等し並みの感覚とは違う。読書は等し並みの思想を拒否するから。自分なりの読み方をするだけです」

生春巻とニョクマムだけは知っている私。ベトナム戦争はテレビでしか知らない。アメリカの北爆開始は一九六五年。それ以前からベトナムに関心を持ってきたのだという。

「「創立三十周年を迎えて」という吉野論文でどの点が一番印象に残りましたか」

「敗戦の翌年の組合結成の当日。組合員は吉野さんを聖人のように見ていましたね。この論文は戦後世界の激動と「豊かな社会」における労働者の変貌も視野に収めていました。今は当たり前の論点でも当時は勇気ある指摘だったのかと思いました」

「皆さんの学習会こそ驚きです。当時その変化をつかみとれた同僚は多くないはず」

真摯に組合を担う人ほど難しかったという。吉野さんは社会変革の理論と思想への問い直しを進めていたかもしれない。インターナショナルをこれまで通り歌ってはいけない。それよりもまず問い直す主題があるという提起を誰もが理解できたわけではないという。

「今までより、もっと大きな声で歌おうと決意した人もいますか」

声量や歌い方の問題ではないという。この職場で熱心に活動する組合員と広角レンズで世界を捉えている吉野さんとの着眼点の違い。そこにポイントがあるという。

「この社の労働組合を直接に批判したわけではないのですね」

「非難ではありません。まじめで熱心な組合。吉野さんを受け継ごうと主観的には願ってきた」

「豊かになれば、牙を抜かれて組合のエネルギーは弱まるのが宿命的ですか……」

この社は違う。高水準の賃金と恵まれた職場を実現して組合のエネルギーは長らく衰えなかったという。シンプルだけど新鮮な視点だった。次の話題に移るかを少し迷った。

「国友は辛辣です。労働者が牙を抜かれるのは当然だと。労働者階級が資本主義社会の墓堀人になるという思想は、半世紀前には説得力を失っていた。この世にはびこるのは、権威主義と体制順応主義。岩波労組の担い手も社の権威とブランドに寄り掛かってきたはずだと」

「いや。鋭いし挑発的な視点だね。」

「社員に話せば敵と見なされるぞと警告されました」

「反論も容易です。編集者には権威を批判する力も求められます。もちろん権威に寄り掛かるというタイプも多いでしょうが」

岩波書店の存在意義はますます高まっていますを口にすると、荒牧さんは大笑いした。

「見事なおまじないだよね。本など読まない人間もショートカットとして使える」

格闘型と礼賛型はどの世界にもいる。全領域でぶ厚い読書体験を持つのは無理。時に権威に寄り掛かるのも無理はないという。

「権威主義と忖度にあふれた社風とみなすのは、乱暴でしょうか」

「性急ですね。誰を権威とみなすかも人さまざま。どの分野でも仰ぎ見る存在を目標にして、乗りこえようと努力する。標的としての権威とみなせば良いはず」

各版元には長年の蓄積がある。各社に多様な知的遺産は存在していると強調した。

「御社の出版物は歴史の中で揉まれてきた一冊。ずっしりと重いのですね……」

「会社のブランドで判断しないでください。重層的で矛盾と緊張感あるモザイクです」

専門家間の論争もある。その火花を浴びながら、激流に一石を投じる本もある。誰からも絶賛される本は存在しないはずだという。話題を脱線させてしまい恥ずかしかった。


もう一度、吉野さんのお話に戻りたい。

「『君たちはどう生きるか』の刊行から三九年後に組合三〇周年の論文を発表されましたね」

「大事な指摘です。一九三七年のモチーフは冷凍保存できない。時代も変わっている」

手書きのメモを取り出された。鉛筆で細かい字がびっしりと書かれている。

「一九三〇年代と晩年では世界のかたちも激変している。その変化を無視できず、昔の理想を自嘲もできないはず。内面での葛藤は激しかったと想像します」

メディアの取材に対して、仮説を語るのはためらう。吉野ファンの反発も招きかねない。活字にする機会のない私ならば率直に話せるという。

「認識の変化についても、推測するだけです。変転や懐疑を饒舌に語る方ではないので」

論点の一つはマルクス主義の生命力。吉野さんの若き日に輝いていた知的体系は批判にさらされ、社会主義国の歪みもあって、先進諸国では一九六〇年代末でその機運に拍車はかかっていた。第二は、現代資本主義の変容と労働者。敗戦直後の激しい労働運動は後退し、勤労者の生活は向上した。

企業現場では生産性向上で労使は一体になっていた。さらにもう一点、社会科学も「豊かな社会」への変貌を解明するのに立ち遅れた。この三点は連関しているという。

吉野さんは必死にこれらの主題に対峙した。オブラートに包まれている側面もあるという。

「オフィスGKⅢの皆さんは、アドバンテージを持っていますよ」

距離感を持てれば自由に論評しやすいとのこと。思わぬ一言に驚いてしまった。

晩年まで吉野さんはもう一つの仕事でも多忙だったという。ベトナム反戦運動や原水爆禁止運動での共同を求めて中野好夫、古在由重、日高六郎、新村猛、陸井三郎各氏らと努力したらしい。

「錚々たる知識人たちは、自分の仕事を投げ打って無私の精神で賭けていました」

「薩長同盟をめざした坂本龍馬のようなお仕事ですか」

龍馬とは段違いの知名度だという。さらにもう一つの話題を補足してくれた。


吉野論文について、斬新な視角があるという。共通する問いを同時期に提起していたジャーナリストの著作との関係性らしい。話は意外な方向に進んだ。鉄鋼、自動車、電機など主力産業の労働現場のルポ。一九七三年から全国の地方紙に配信されて翌年に刊行された斎藤茂男氏の著書とは『わが亡きあとに洪水はきたれ！』[37]。

思いがけない話題が登場した。都筑先生の姿がちらついてきた。

「スクラム論文の二年前に刊行された本ですから、論文への応答ではない。牙を抜かれているという主題とも相通じる問題意識を持って、労働現場を取材した本ですね」

「タイトルは知っています。労働経済学の講義で紹介されました」

「四〇年以上前の本ですよ。ご存じとは驚きです。吉野さんはどう読んだかも未確認ですが」

この本を解説してくれた。農村出身の若者が都会へと移動した高度成長期。品質管理や生産性向上をめざす小集団活動は影響力を持った。働く者を包囲していったという。

「労働組合の存在感をしのぐ網の目。組合の担い手は孤立を強いられていきますね」

荒牧さんは私の反応に驚いた。一年前に大学の講義で聞いたので印象が強いのだと話した。社内では月刊誌編集部の後輩が連載時点から注目して組合の機関誌でも紹介していたという。

「その方は組合の幹部になった方ですか」

「全く違います。でも有能なので後に組合と関わることになった。つい先年までの社長です」

ヒェーという驚き。なんともすごい会社。月刊誌の編集長も長く務めた人だという。

聞き漏らしたことがあった。小学生の時の印象深いニュースとは何だろう。安保闘争は中学一年だという。小学六年生の夏休みは松川事件の最高裁判決に関心を持ったとか。一〇年前の列車転覆事件の実行犯とされた被告たちは無実を訴えてきた。その声に耳を傾ける人が増え、公正な裁判を求める運動として盛り上がったという。入社後にこの社の組合も長らく熱心に関わったことを知らされたという。長時間のお話に感謝した。

「刺激的でした。今日のテーマを今後も深めてみてください。出会いに感謝して一曲歌いたいですね。小唄でもいいけど。でも営業妨害になりますから……」

初めてジョークを飛ばしてくれた。隣の席には幼子がいる。荒牧さんの小唄でどんな反応をするかしら。でもお願いはできなかった。その代わりに本田路津子さんの「一人の手」という歌を教えてくれた。二〇代前半の頃の歌。当時はよく口ずさまれ、もう歌われていないという。

改札口まで見送ってくれた荒牧さんに思わず手を振ってしまった。何と純粋な方だろう。人が良すぎてよく同僚の嘘八百にだまされていたことを耳にしていた。

新聞社や出版社の社員はエリート意識の塊と父は語っていた。でもこの社で出会った人は親切な人ばかり。荒牧さんは出版史に残る本を編集した。新聞の川柳欄などでも活躍を続けている。

何も残さなかった父さんとは対照的。それも違うか。書物と図録は山のようにある。せめて二冊の本を最後まで読まなきゃ。先延ばししているからな。思わずペットボトルに手を伸ばした。車窓からの風景は眼に入らず、唇をかみしめていた。

ナオミンからのメールが届いている。なぬ。組合執行部のお二人が、今日お会いできればという。五時にロビー集合との指示に驚く。間に合うかしら。「失礼だよ。急に呼び出すとは。傲慢なエリートをとっちめてやろうぜ」と記している。荒れ狂う予感がしてきた。

＊

五時直前に神保町駅に着いた。ダッシュで間に合いそう。昼間の受付は閉まっている。ロビーに人が群がっているのがガラス越しに見える。もしや、もう何かやらかしたのか。

夜間受付から小走りでロビーへ。何と腕相撲の最中だった。顔を真っ赤にして攻めている女性は豊満な肢体でショートカット。どことなく対戦相手に似ている。攻めさせていたナオミンが一声上げると、すぐに勝負がついた。涼しい顔で得意げにポーズを決めている。

「こりゃ、誰もかなわないわ」。悔しそうな女性は勝者に握手を求めてお開きになった。

その場にいた二人の女性が声をかけてくれた。委員長の南村ゆりさんは長身で優美な方。副委員長の星山理佐子さんは小柄で利発な印象。星山さんも委員長を経験しているという。組合員手帖の御礼をした。会議室に移動すると、和菓子まで用意されていた。

南村さんは社の現状を紹介してくれた。ハードな刊行体制を是正できない。状況は楽観できない。入社直後に、「カベ新聞」に掲載された校正部の組合員の一文を思い出すという。現在を見つめる際に、昔を讃えるという視点で良いか。順風満帆だった時期の働き方、働かせ方に問題があったのではないかとの指摘だという。一転して威厳ある口調になった。

「歴史は大事ですよ。でも現局面は組合員の職と食を守る瀬戸際。それをご理解ください」

南村さんは九〇年代初めに同業他社から転職してきた。この職場での組合アレルギーの強さに驚いたという。星山さんは組合に反発する心情もそれなりに理解できるという。

星山さんは、日本兵としてBC級戦犯にされた在日韓国人の戦後補償を求める市民運動に献身してきた。その昔にベテラン組合員による忘れがたい一言に出会ったと教えてくれた。

「市民運動は一服の清涼剤という発言に驚きました」

被爆者支援バザーの学習会で市民運動家をお招きした。懇親会で講師をねぎらっての感謝の発言。屈託のない一言に心底驚いたという。労働組合運動こそが本流という価値観である。

「一〇代から組合活動に打ち込んだ世代の方は、特別ですよね」

南村さんも補足した。会社と組合を熱愛する人たち。長らく土曜日の午後は組合活動の時間だった。昼休みの職場会に、編集部以外はほぼ全員が参加するという時代もあったらしい。

「競馬やパチンコと違って組合は堅実ですよね。大幅賃上げで皆さんも潤ったわけですね」

ナオミンの問いに真面目に返答するお二人。賃上げ要求に満額回答が続いた躍動期である。職場の民主化、諸要求の実現に向けて一丸となれた。組合を前進させようという使命感も強かったという。現在はきびしい局面。賃金要求も掲げられない。気苦労は絶えないという。

「南村はやり手です。団交で優柔不断の発言を続ける役員に「出しなさいよ」と一喝する。立ち居振る舞いはマネができません」

「それでは芳岡諜報員から南村さん情報を報告させます」

いきなり来るなんて。気性の激しさは初耳だな。メモを探し出した。

「南村ゆりさん。最初の職場には他社の組合員から続々と手紙が届いた。街頭で署名を集めれば通行人も群がった。出版労連史上最高峰の人気を誇ったアイドル兼有能な組合員。後に岩波労組史上初の女性委員長。組合に距離感を持つ人からも男前の委員長として敬意を持たれて何度も再選。元アイドルとなった今もなお、基本的にはあな麗しき四〇代。いや五〇代」

三人の爆笑でひとまず安心した。

「元アイドルなんて失礼よ。これほど美しい方に対して」

すかさずナオミンは指摘する。「基本的には」の一節は喫茶店で教えてくれた人がいた。

「外面的な美しさだけではなく、能力が高いのよ」。星山さんは釘を刺した。

「敏腕の諜報員さんですね。でも花束とかプレゼントも数多くいただきましたよ」

業界に活気があった三十数年前を語る南村さん。当時は熱心に組合を担いながら、現在はすっかり冷やかになった人もいるらしい。

「スタンスはどう変化したのでしょうか」。思わず尋ねてみた。

「組合は紋切り型。編集者の長時間労働を規制できないと見ているのでしょうね」

「南村委員長は出版界でなく外務省に勤務していれば、皇太子妃の候補になられたはず」

またアクセルを踏んで出まかせを言う人。星山さんは眼を丸くしている。

「えっ、もしや皇太子妃に憧れていますか」

「もちです。崇敬の念です。ソフトボール体験は共通しても、わが人生は暗転する……」

「大丈夫ですよ。何かお役に立てることあれば、仰ってください」

大丈夫という理由は示さずに、南村さんは優しく微笑んでくれた。

「何という温かいお言葉。こんな魅力的な方が励ましてくださるなんて」

「私だってストレスの連続。コンプレックスの塊ですよ」

「芳岡さんはこの間、何人もの社員と話してどんな印象を持っていますか」

星山さんの問いかけにどう答えたらいいか。一瞬迷った。

「南村委員長のストレスは初耳です。星山副委員長の酒びたりは聞いていましたけど」

二人は大笑いしている。ナオミンは渋い顔だった。

「失礼しました。芳岡は時々上の空になって、的確に答えられません。感度悪いんです」

「酒乱だと伝わっているんですか。恥ずかしいなぁ。エビデンスは何ですか」

星山さんが食いついてきた。「カベ新聞」を発行するカベ社有志による社内アンケートに触れよう。

「『飲んではじける社員ランキング』で第二位に躍進。第一位は愛川さんの指定席ですが。ここでも女性上位ですね」

「ちょっと待って。それって究極のプライバシーじゃない」

南村さんの声はきついけど笑っている。ナオミンは大げさに反応した。

「もちろん秘密にします。プライバシーへの関心ではなくコミュニケーション論としての注目です。総務部にも社内報は不要と思わせるほど存在感ある「カベ」。その歴史は大字報、中国の壁新聞よりも古く、一九四八年から組合機関紙。反執行部派の意見もすべて掲載する編集方針。その上で……」

ナオミンのウインクで、私はすぐ後に続いた。

「好評だから大胆に紙面改革。キャッチーな話題、煩悩もくすぐり、人権侵害には至らない絶妙のスタンス。職制にも唯一の社内情報網。読者は金曜日の新紙面を待望している。この組合の存在感は、硬軟のセンス持つ人によって支えられている」

二人は拍手してくれた。とっておきの話題を仕入れていた。

「傑作なのは、「絶対に不倫できない男性社員ランキング」です。第一位は岩岡俊哉さんと元役員の金堂勝蔵（こんどうかつぞう）さん」

「その理由は傑作だけどご存じですか」。噴き出しそうになっている星山さん。

「はい。金堂さんも岩岡さんも真面目な大男。女性と密会しても目立ちすぎる。大声なので筒抜けになる。意欲も皆無でありえないという説です。金堂さんは出版労連の役員と社の役員を兼任した高潔な指導者。背だけでなく力量と信望も高い」

南村さんはすぐにチェックしてくれた。

「組合役員と会社の役員は兼任できません。出版労連の役員を退任して職制になった時点で組合を脱退。部長を経て後に役員に就任した。第二位は？」

「蟻塚直樹という人ですが、この方は……」

「小太りで背も低い。ここだけの話ですが、きわめつきの醜男（ぶおとこ）です。理屈っぽくて女性は近づかない。本人の願望は強いけれど、まさにできない男ですよ」

南村さんの表情は険しくなった。きっと仲も悪いのだろう。

「委員長さん、ご苦労絶えませんね」。ナオミンの決め台詞である。

「ストレスのかたまりよ。会社として初めて決断する別の案件があるから」

何でも質問してくださいという星山さんの一声にまずナオミンは反応した。

「御社の皆さんは社員であり、労働組合員であるという二重のメンバーシップを持っている。ご多忙の中で組合活動も大変ですよね」

「その通り。積極的に担う人は限られています。せめてハードルを低くしようと思って……」

組合活動のスリム化を実現する。改革案を提起してきた。非社員の図書室嘱託の待遇改善にもとりくんできたと南村さんは語る。気になっていた点をまず質問してみたかった。

「意外でした。この職場でも女性の職制比率は低いですね。歴代役員も男性ばかりとか」

二人は一瞬顔を見合わせ、星山さんが答えた。

「職制だと会議も激増。管理業務もある。本作りに専念したいと断る人と何とか重責を果そうという人がいる。多くのセクションで女性社員は重責を担っています」

「長い歴史のある婦人部は休部。現在は生活委員会として男性も含めて活動していますね」

ナオミンの問いかけに星山さんは慎重だった。八〇年代後半に女性だけで育児・介護などにとりくむという発想で良いのかと問い直された。本格的な議論を経て一九九四年に婦人部を継承する新委員会を創設して婦人部は休部。その後は生活委員会として育児・介護等について活動している。

女性執行委員の比率はこの間きわめて高いという。

戦後初期から女性の権利を守ってきた職場で、女性組合員は社外でもその流れに棹さしてきたと南村さんは語る。就職差別、定年差別、賃金格差、昇級・昇進格差、間接差別など世間の女性差別とは無縁の職場を実現してきた。ハラスメント根絶にも早くからとりくんできたという。

ナオミンは大きくうなずいた。

「この社の女性組合員の呼びかけで誕生した「働く母の会」について、芳岡に報告させます」

「そこまで調べてくれたのですか」。星山さんは驚きを隠さなかった。

「大昔は大変でしたね。一九五〇年代前半は出産後の職場復帰も困難だったので驚きました」

二人が真顔になったことを意識した。

「組合員意識調査です。妊娠すれば退職も無理からぬという回答が多数でしたね」

「六〇年以上前だものね。まずは働く母の会の概要を紹介して」。ナオミンは機敏に指示した。

「岩波の女性組合員K林さんの動きが発端となって、一九五四年に東京で発足した会。戦後の女性労働者の歩みの一里塚として有名です」

辞典部の嘱託だったK林さん。残業の連続で、新聞記者の夫より帰宅は遅かった。残業手当はない。ボーナスは社員の半額。最初の妊娠では職場復帰が不可能になることを恐れて中絶した。

「その数年前には残業禁止。組合員に帰宅せよと組合幹部は指示していたはずです。その一方で、嘱託には無理を強いていたわけですね」。少し棘のある問いになってしまった。

「六十数年前についてコメントできません。嘱託の労働条件を改善。社員化闘争。女性労働者の権利を守るとりくみもその後に前進したと聞いています」。南村委員長は簡潔に答えた。

「辞典部の嘱託は必要だったでしょう。辞典は毎年刊行する訳ではない。多数の人員が必要な時期は限られている。合理的な経営判断よ」。そういった後に、ナオミンは補足した。

「芳岡まかせではいけない。私も調べてみると驚きの連続でした。一九五〇年代前半は社員数の三分の一ほども嘱託がいた。アルバイトはそれ以上。臨時雇用のデパートと当時を知る人は表現している。国友が取材した八〇年代とは事情がまるで違います」

働く母の会から話題がそれているが、ナオミンのコメントに二人とも身を乗り出してきた。

「戦前から御社の担い手はエリートのみにあらず。創業者が郷里から小学校卒の優秀な子を丁稚として採用したのは有名ですね。戦前の争議も彼らが先頭に立ったと聞いています」

「すごいですね。私たちも忘れかかっていることを」。二人は感嘆している。

「講談社もそうでしょ。戦前は多くの会社に少年吏員がいた。戦後も御社では定時制高校に通う生徒を四年間の期限で少年社員として採用した。他社にも同様の制度があったはずです」

後の営業部の学生アルバイトについても語り始めるので、またもあれっという思いだった。


過酷な職場は現在もありうると星山さんは指摘する。

「各編集部は独立している。特定の個人への負荷の集中に気付かない場合があるのです」

「当事者が声を上げる。周囲の人が労働実態を調べる。ただ昔の件は慎重にお願いしますね。吉野さんが初代委員長でもひどい組合と言われかねません」。南村さんは警戒している。

「了解しました。当時は出産して元の職場に戻るのは現在より大変だった。働く母の会では出産と育児の悩みを女性同士で語りあい、共同保育や保育所増設にもとりくんでいます」

「時代に先駆けた活動。同じ趣旨の活動はこの会とは無関係に全国で広がっていく訳ね」

的確にまとめてくれたナオミンはもう一言軽く言い添える。

「私たちはまず恋愛モードになるのが先決だけどね」

「大丈夫ですよ。出会いはいつになろうと、出会えばグイーッと進んで行きます」

励ましてくれる星山さん。ご自身もそうだったのかな。

でも五、六〇年前をどうやって理解できるのかな。もう一言聞いてみたい。

「昔と今とをどう比較しますか。正直なところ手がかりもありません」

今より核家族ではなかった時代。女性を差別する人はさらに多かったはず。育児や保育というテーマだけで女性の解放を勝ちとれないと説教する進歩派もいたことを耳にしていた。現在と過去の風通しの良さと悪さ。それを比較する際の物差しについてお尋ねしてみた。

「私たちもリアルな感覚などありませんよ。一九五〇年代も六〇年代も親から聞く程度です」

それを知ろうと思うだけで立派である。星山さんは励ましてくれた。

「育児まで到達できるかしらね。懸命に走っていても給水するのはアルコールばかり」

その時、忘れていた話題を思い出して、自嘲するナオミンに向かって話しかけた。

「K林さんも、同時期にその活動を担ったN取さんも理系編集者でした」

ナオミンは思わず噴き出した。南村さんはなぜ笑うのかと不思議そうだ。

「私は化学専攻です。先日も専務さんと論争しました。女性の理系編集者は見目麗しく、優秀な方ばかりですねと言うと、宮備さんは理系だけでなく、全員が麗しいと譲らない」

「専務は時に極論も言いますよ。でも今の点は正しい。理系だけが特別とは言えません」

星山さんは、N取さんと同じく戦後初期入社の理系女性編集者のT沼さんを教えてくれた。働く母の会にも関わった一人。著名な育児書の編集者という。

「気丈な方ですね。現役社員との交流会でも強烈な一言でプライドをお示しになった。名セリフですよ。内面に燃えたぎるものを持たないような人に、なぜ編集者が務まりますか」

「その場にいた誰かを批判されたのですか」。思わず尋ねてみた。

「批判されたようで私も真っ青になりました。真っ赤になった人もいたでしょう」

マグマを抱えて燃えたぎる印象。過労で療養した時期もあったことを後に聞いたという。

「十人十色ですね。全く対照的なお人柄の方もいました」

後輩のT林さんについて南村さんが教えてくれた。組合に熱心だった先輩だという。

「微笑みを絶やさず穏やかな方。女性労働問題について社外でも積極的に関わった」

四〇代後半に編集部に異動して職制になった。社内でも一、二の刊行点数を担当。女性の権利やフェミニズム、平和についての書物も多いという。ナオミンは納得できない様子。

「お二人とも、組合活動での要求とご自分の仕事ではスタンスが大違いですね。いえそれを否定しませんよ。矛盾を抱えながら前進したのはお見事です。でも楽すれば得する職場、残業など不要のセクションもあるのに。自己実現とはいえ激務すぎませんか」

「楽すれば得するという表現は困ります。慎重にお願いしますね」

家庭生活との両立。睡眠も確保せねば、健康は破壊される。南村さんはそう言い添えた。

「家事も育児も忙しい。仕事との両立は今も大変です。編集者だけに限りませんよ。二人の先輩と同じ困難に向き合っているのは。せめて忙しさのピークを恒常化させたくない」

長時間労働の深刻さを星山さんは認めた。仕事は無限にあるけれど労働時間は極力抑える。それでも認められる存在になっていくしかない。星山さんの表情は苦渋に満ちていた。


南村さんは誤解なきようにと念を押した。たまたま四人のお名前が出ただけ。熱心な女性組合員と優秀な女性編集者は昔も今も数多いという。ナオミンが反応する。

「ロビーで腕相撲した方は見事な腕力。庶民的ですね。編集者ではないでしょうが」

星山さんは思わず笑った。彼女こそ最高峰の編集者だった。能力を買われてより重要ポストに着任した。職制でなくてもその職場を牽引しているという。

「サイバー攻撃にも対応できる会社の守り人。コンピュータの司令塔でしょうか」

思わず尋ねると、今度教えてあげるねと星山さんは意味ありげに微笑んだ。

なぜ私がヒアリングの中心なのかを南村さんは知りたいという。すぐに反応する一声。

「私の希望は却下されました。宮内庁ですから。驚いていますね。上司からは御料牧場周辺の草取りが関の山だと言われました」

「まさか皇太子妃のお世話をしたいとか」

「がさつな私には無理です。紀子様を担当したい。いえ紀子様もがさつではありませんよ。秋篠宮家は御社と同じで過密労働の連続らしい。体力ある私ならば役に立てると思ったの」

南村委員長はあきれ顔。星山さんが反応する。

「宮内庁は絶対に拒否するわ。直島さんに皇室予算の圧縮を主張されたら困るもの」

「大幅増額です。官房機密費を削りましょうよ。……たしかに御社のように等し並みはやりすぎですよ。でも秋篠宮家の予算を増額しなければ、兄弟間の格差は大きすぎますから」

もし兄が不服ならば、説得に乗り出してもよい。その一言で信憑性はあらわになった。

「そこまで一途な皇室ファンですか。でもその手の方は山のようにいる。適わぬ夢ですね」

「いいんです。人生は口から出任せ。夢語り。御料牧場近くの草とりでも大歓迎です」

そうだ。この機会にお尋ねしてみたい。

「デリケートな話題ですが、この組合は政党の指導で動いているのですか」

「とんでもない。そうであれば執行部を務めません。何を根拠に言われるんですか」

南村委員長は事実無根だという。最近刊行された一冊[38]のコピーをお渡しした。著者は最難関大学の教授で最高峰の知性。この社の歴史を描く一冊でこの組合＝某政党と記している。

「これでは真に受ける人が出ますね。でも卓越した著者にも誤記はありえます。原本棚にご案内したいほど。戦後初期にその党は活発だったらしいですが、何十年も昔でしょう」

南村さんは大問題ではないと言う。星山さんは絶妙な変化球を投げてくる。

「この著者は素晴らしい方ですよ。もし著者に悪意があって、事実無根であることを立証してみろとからんできたら、困りますね。みんなで政権党に入るなんてお笑いの世界よね」

「弊社では、労働組合をこのレベルでの政治マターとして語らないようにしています。組合員は多様のはず。組合＝○○党という記述はありえないと思います」

そう発言すると二人の表情はにわかに輝いた。強い共感を伝えてくれる。

「その通り。その視点が大事ですよ。上部団体の出版労連も一貫して純中立の単産です」

南村さんに続いて、星山さんは極秘情報を教えてくれるという。

「入社当時は、選挙の際にその党の宣伝物も配布されていましたよ。もう長らく皆無です。最寄り駅では高齢の方がビラを配っているのにね。この職場にその筋の人がいるなら、腑抜(ふぬ)けで怠け者でないかぎり、選挙の時ぐらいアピールするでしょう」

「しばらく前に絶滅してしまったのですね」。思わず尋ねてみた。

「あはは。恐竜みたいだ」。南村委員長の笑顔は思いのほか親しみやすい。

ニホンオオカミも気になるな。一〇〇年前の絶滅という定説を疑い続ける人もいる。種の絶滅を見極めるって、難しいかもしれない。ナオミンは次の話題に移った。

「一九七四年の戸村選挙ってご存じですか」。初耳だという二人に解説を始めた。

当時は諸党派を応援する社員の選挙活動が活発だった。三里塚で活躍した牧師の戸村一作氏の縁者が社員にいて、参院選に立候補した際には支援が盛り上がったというのだった。

「ずいぶんくわしいですね。入社して四半世紀経ちますが、聞いたこともありません」

星山さんの驚きは半端ではなかった。少し年長の南村さんも感嘆している。

「社内でも政治の嵐が吹いていた時代なんだ。今はすっかり忘却されています」

ナオミンは間髪を入れずに、低い声で語る。

「党派の消滅はさして重要ではない。公共圏の喪失、討論のアリーナの衰退を憂うべきです」

また誰かの入れ知恵だ。シャープで絶妙な一言に星山さんも驚きを隠せない。

「鋭い。インテリの一言ですね。宗教者や新左翼にもくわしいとは」

「あれ新左翼って何ですか。うちは本来、祖父の時代から
「だって三里塚闘争もご存じだから、……」

「三里塚って御料牧場がありましたね。戸村さんはその牧場で伝道された牧師さんでは…」

その瞬間、お茶碗を手から滑らせて机を濡らしてしまった私。あわてておしぼりで卓上を拭くと会話は遮られた。六時三〇分。会議室の使用終了時間。すぐ室外に出ねばならない。

春闘が終わったら飲みに行きましょう。男性社員も誘ってくれるという。ナオミンは満面の笑みで次の仕事先へと足早に席を立っていった。

＊

受付前にある新刊の陳列棚。ガラス越しに美しい造本を眺められる。好きな場所だった。半世紀後でも魅惑的に思えるはずの装丁。努力だけで装丁のセンスは身につかないという。

エレベーターから降りてきた宮備さんとばったりお逢いした。荒牧さんからすばらしいお話をうかがったことを報告した。

「社内での憧れの方の話題は出しませんでした。今も心の深き傷かもしれませんから」

「その判断を支持します。誰が教えたかは一目瞭然。何と軽い専務かと叱られます」

何点か教えていただきたい点があった。時間は大丈夫という。会議室は満室でロビーの一番奥のスペースで話そうという。着席するとファイルから二枚の写真を出してお見せした。

「この写真は何でしょうか。段ボールばかり写っています」

宮備さんの表情はやや険しくなった。

「撮影者の意図を疑います。他人のデスクを無断で撮るのはプライバシー侵害になる」

「オフィスの一角を撮影するのも、不適切でしょうか」

「法的な判断は専門家にお願いしましょう。でもデスクを無断で撮影されたら嫌です。職場の団結を損なう。国友さんはどう言われていますか」

「引っ越しの写真かなと言いました。……。あの。先ほどからデスクと言われていますが、どなたの机も写っていませんけど……」

「そうか。デスクは写っていない。冷静な観察力だね。机上の空論はいけませんよね」

一瞬おどけた表情になった。宮備さんはなぜデスクと言ったのかしら……。時間も限られており次の質問に移ることにした。

「変な質問ですけど、反組合的な人たちの主張については何を見ればわかりますか」

「専務として発言すべきではない。その点だけはちょっとお答えできません」

「お気持ちを重々理解しています。総合的俯瞰的視点を失ってはいけない専務さんとして正しいご判断です。その上で……」

「その上で…と言っても。ダメなものはダメなの」

「心のバリケードを撤去してください。委員長の日々に限定して、お話いただけませんか」

一瞬沈黙した宮備さんはそれならばと口を開いた。

「大切なことは三つあります。第一に反組合的なる表現は間違い。組合内にはたえず多様な意見が存在する。要求で団結する。せめて反執行部派と表現すべきでしょう」

迷いが吹っ切れて、滑らかな口調になってきた。入社した一九七〇年代の日々、職場での激しい論争についてまで言及した。Uさんとか固有名詞を出して当時を回想している。

「録音していませんね。個人情報ですから」。メモを許されたのは基本的論点のみだった。

「第二に反執行部派とは多種多様で、誰もその全体像は知りません」

労働組合は好かん。徒党を組むのは嫌い。政治に関わるなとの立場もあれば、別の角度で積極的に関われとのスタンスもある。この労組と出版労連の双方を批判する人、どちらかに批判的な人もおり、経営再建を求める組合の姿勢にも多種多様の意見があるという。

「まさに百花斉放です。一本の綱に織られることもない。執行部に批判的であれば、執行委員会選挙で多数派を獲得して、新執行部を誕生させれば良いのです」

「盛田さんは、そんなチャレンジは愚かで時間の無駄と仰っていました」

「その点では見解を異にします。民主主義の可能性を信じるならば挑戦すべきですよ」

「もし反執行部派が地滑り的勝利を収めれば、会社運営は混乱しませんか。経協や団交も止めようなどと言ったら、経営側も困ると思いますけど」

「その通り。その二つを軽視されるのは困るね。ちょっと。定刻に座ってもらえばいいんです。経協や団交を否定する人に執行部は任せられない。この社のシステムにヒビが入ってしまう」

ちょっとという語を宮備さんはよく使う。それを初めて意識した。

「第三の論点は、多数派を永続的に維持する秘訣です。デリケートな話題も含んでいます」

基本は水も漏らさぬ活動。批判的な組合員は太刀打ちできない。全員立候補制の選挙で、執行部派が退陣を迫られる選挙戦は一度も存在しないという。

「絶対にあきらめない。執行部を奪取するとの気概を持つ方はいなかったですか」

「粘り強く闘えば、変わったかもしれない。でも仕事と本にのめりこむ人。暇があれば映画を見たい。語学をマスターしたい人は粘れない。市民運動などで社会貢献を志すでしょう」

「執行委員選挙についてお聞きしました。一九九五年の日経連による働く者の三類型は有名ですが、この執行委員会でもバリバリの執行部派とは違うタイプを登用してきた。労働者三類型の一つである雇用柔軟型。このタイプの方に短期間だけ執行委員を務めてもらうらしいですね」

「怪情報を吹き込まれましたね。日経連の三類型は「新時代の『日本的経営』」でしょ。正社員の採用を抑制して非正規を増やそうという狙いですよ。この組合の選挙とはまったく無関係です」

大丈夫で〜す。大学で労働経済学を勉強してきましたから。

「組合の雇用柔軟型とは、優秀な若い世代の方。執行委員会に新風を吹き込む存在として期待される。その就任を口説くのは執行部派のエースだとか。組合が変わるためには君のような存在が欠かせないと説得する。ただ大半は一年で消耗して退く。委員会の要は長期蓄積能力活用型ですね」

「ずいぶんディープなことを調べましたね。でも短期間でも新鮮な顔ぶれが執行委員会に入るのは望ましい。中心を担うのは、経験豊富な実力者たち。盤石の体制です」

「そうなると、盛田さんの判断はリアルではないでしょうか」

「そうか。……やっぱり正しいね」。もはや反論する意思はなさそうだ。

「もしや、先ほどは委員長時代の感覚で発言されたのですね」

「鋭いね。心のバリケードを撤去してと言われたので、気持ちも揺さぶられてしまいました」

嬉しい一言だった。調子に乗って、すっぽん養殖構想の提案者についてお尋ねしてみた。


「蟻塚君は執行部派です。夜間受付出身で編集者になった。社会運動にも関心が強く、理論生計費を始めにした電産型賃金体系への疑問すら入社早々に表明していました」

この人について詳しかった。ベルリンの壁が崩壊した年の要求団交で、壁の崩壊に言及した唯一の執行委員。同年の連合結成の際には、左派労働組合運動の弱点を認めることを危惧して、個人的な見解は控えよと指導したという。ただ後に組合執行部との距離感を強めたらしい。

「執行部派も一枚岩ではありません。すっぽん養殖君と違って、出版界ではるかに有名なのは広辞苑の編者の孫。高学歴者で編集者としての実績も持ちながら、労働組合に長期間献身した点も稀少価値。この組合の枠に収まらないタイプ。労連委員長も務めました」

「『舟を編む』[39]の馬締（まじめ）さんのモデルの方と同じく業界の有名人なのですね」

「その通りです。祖父と父譲りの穏やかな性格。だが付和雷同ではない。彼は企業別組合を全く評価しない。この組合を企業一家主義とみなしている。叩き上げ派に注目してこの職場の一〇〇年をとらえる独自の視点です。その上で執行部支持派です」

「企業別組合を評価しないとは、戦後労働改革を否定すべきという主張ですか」

「全否定するはずはない。戦時中は労働組合も禁圧されていた。戦後、労働者の団結権も認められた点は当然支持するわけです」

「戦時中の産業報国会を基にして労働組合が結成された点も悩ましいですね」

「この社に単位産報はなかったはず。食糧難対策としての消費組合が労働組合の基です」

「その方のイメージは、欧米のクラフトユニオンでしょうか。仕事の担い手が企業の枠を超え産業別に組合を結成するスタイルですね」

「その通りです。出版労連では企業内組合でないユニオンも大いに存在感を持っていますね」

「学界の権威ある先生の論文[40]を御社の出版物で読みました。そこでは同じ職場の人間が団結するのは当然と書かれていました」、

「さすが勉強家ですね。その本の編集者は何とこの彼なんですよ。実に面白いでしょう。彼と同じ意見も昔から多い。一方で企業別組合の長所を評価する研究者も少なくありませんね」

「最近知りましたが、以前には政府も産別組織への転換をめざした時期があったとか」

「終身雇用や年功賃金を崩したかったのだろうね。……。今やちょっと身動き取れませんね。弊社ではなく全国の労働組合です。第一線の人は必死で模索していますけど」

自分はもう関わっていない。現場で苦闘している人と専門家にゆだねたいという。

「組合は階級闘争の担い手なのですか。交渉・折衝を担う職能運動をより重視すべきとの意見も昔から提起されていました。労使協議のメカニズムを改革するのが大事ではないですか」

「ご趣旨は理解できます。そのルートは重要。でも個別の組合で実現できる課題ではない」

「この職場で獲得したことを他社では容易に実現できない。その壁は存在していますね」

すべてが壁である。欧米とは従業員の採用形態も違う。労働組合の違いは著しいと認めた。

「日本の労働社会の特質を国際的な視点で見つめ直す機運が高まっています。ジョブ型とメンバーシップ型という用語も認知されてきた。国友も刺激を受けています」

「思想的にも巨大な壁はありますね。無政府主義と労働組合主義を結合させたアナルコサンディカリズムの強さは日本とは比較にならず。生産性向上を拒否できるユニオンでしょうね」

この社でのストライキの可能性について尋ねると答えられないという。一般論としては一丸となって闘うエネルギーがなければ実現しない。その表情に陰りは増していた。


「マルクスを一度も読んだことがありません。組合とも関わるのですね。戦前も戦後も労働運動での対立と分裂は、マルクス派にも関わる緊張関係だったと聞きました」

「国友さんは詳しいからね。現在は関知しませんよ。戦前と戦後長らくは大問題だった」

文系理系を超えて、知的学生の基礎教養としても読まれた思想家・革命家である。人類の知的遺産でありながらこの四半世紀で若者の読者は急減した。かつての存在感を示すエピソードは多い。

ある執行部派の若手社員が先輩編集者にマルクスで試されたエピソードを教えてくれた。

著者との食事会に同席させてもらった際に、「マルクスは近代ですか」と先輩から問いかけられた。その後輩の脳裏では多くのテキストが炸裂。でも敢えて答えなかったという。

「すごいですね。読んだことがないので、質問の意味もわかりません」

「当然です。日本語になっていません。マルクス通のみに通じるわけです」

この問いはマルクスの世界の広大さと関わっており、後輩によると論点は六つという。

「えっ、そんなに多いのですか」

宮備さんの表情はにわかに輝き始めた。一つ。マルクスがフォイエルバッハを乗りこえたという常識の再検討。人間と自然への二人のスタンス。二つ。初期社会主義を空想的社会主義ととらえて良いか。三つ。マルクス主義は生産力主義か。四つ。後期マルクスは新たな地平を切り開いたか。五つ、近代を超える社会とは何か。それを希求する視点と青写真の有効性。六つ、日本社会でのマルクス主義の有効性とは何だったか。

「深遠で広大な世界と格闘しています。専門家ならもっと緻密ではるかに長くなるはず」

その後輩はある論文の一節も思い出したという。「近代化」の先頭に立つことと「近代」を超えることが予定調和的に想定されていた。[41] 日本におけるマルクス主義の特質に関わる論点だという。初期マルクスの『経済学・哲学草稿』[42]の一節も脳裏をよぎったらしい。

「もう死んだ人ですからというジョークも頭に浮かんだ。ただ主賓である著者もマルクスに敬意抱く人なので沈黙した。ちょっと微笑んでやり過ごしたのですね」

「格調高い知のドラマですね。その後輩さんは、マルクスおたくみたいな方ですか」

若い時には山のように読んでいたが、その分野の企画は提案していないという。

「宮備さんならば、もっと別の視点で応答されたと……」

「科学技術革命やローマクラブなども意識して論点を追加しますか。論点は七つですね」

「わあ。ラッキーセブン。七つといえば、野口雨情作詞の「七つの子」をオフィス学習会で取り上げました。この歌を二〇世紀論の文脈でどう読むかについてです」

「どういう読み取り方をしたのですか」。宮備さんは厳しい表情になった。

「烏なぜ啼くの／烏は山に／可愛七つの子があるからよ……」

歌詞の冒頭を紹介した上で、学習会での国友さんの問いかけを紹介した。

「野口雨情は歌詞で何を表現したか。大正時代に可愛と慈しまれた存在はカラスの子だけではない。その時代に育まれた理念は、九十数年の歳月でどう変わったかという内容です」

「カラスはかわいい、そう慈しむ人の気持ちも美しいと……。この歌の解釈についての論争をご存じですね。なぜ七つなのか。古巣とは何だったか」

学習会でもその論争を聞いていた。古代史に関わるのでコメントできないと国友さんは話していた。もっとシンプルに、この歌から二〇世紀日本をみつめる報告だった。

「一〇〇年前は貧しい。でも生き物への愛情にあふれ、知識も教養も人道も至上の価値だとみなされていた。その延長線で大正教養主義もマルクス主義も花開いたという趣旨です」

国友さんの解説をそのまま宮備さんに手渡してみた。

「超圧縮版。大正デモクラシー期の礼賛で良いのかな。デモクラシーと軍縮への気運は高まれど、植民地支配への批判は稀だね。童心を賛美しても、間引きの慣習も絶えていませんよ」

さすが宮備さんは弱点をあぶりだしてくる。でももう少し聴いてもらおう。

「この二一世紀に一挙に話は飛びます。今や山の古巣に行きたくても里山は消えている。明治以降の脱亜入欧。戦後の高度成長。効率と利潤を追い求めて、自然は破壊された……」

「その歌になぞらえて、超音速で教養主義とマルクス主義の葬送を宣告するわけですね」

「そうです。理想も思想も対話も衰退してしまったという説です」

「疎いんだな。里山の激減は事実ですよ。でも消滅などしていない。カラスは逆ですよ。都会でも増殖している。商店街で閑古鳥が鳴いているのとは対照的。国友説の欠陥はカラスの存在感を無視していること。ただこの視点で全体をみつめると、教養主義もマルクス主義も上り坂という逆立ちした情勢判断になってしまいますけどね」

「困りました。思想は衰退したのにカラスだけは倍々ゲームで増えているわけですね」

「どう再構築しますか」

「脱構築したいです。黒と白のコントラストに注目してみたいな。書物に情熱を持つ人は激減して、教養主義とマルクス主義は白旗を掲げている。真っ黒なカラスだけ増えている中で御社は孤軍奮闘中。白銀のように輝き、根雪のような在庫を増やして黒字を減らしてきたとか」

「そんな評価をするんですか。今日でお別れ。もう会えないですね」

宮備さんはいたずらっぽい笑みを浮かべて、自説を述べ始める。

「この歌の誕生は大正期のアナボル論争と同時期ですよ。カラスの黒とのコントラストは赤の方が似合うでしょう。山の古巣を照らし出す太陽です。赤い朝日といえば右派の常套句でちょっと警戒すべきですが、太陽の形容詞としては評価できる。アナキズムの黒とボリシェヴィズムの赤が対立を超えていく。両派の連携を雨情は求めていたという仮説もありえますね」

「でも赤と黒では、スタンダールを連想できる人もわずか。多くの方は思想ではなく、赤字・黒字を意識するでしょう。そうなると、さっきの白と黒に戻ってしまいますが」

「凡庸なセンスではいけません。日本経済新聞を熟読した上で、斬新な視点を持ちましょう」

宮備さんは、コンサルタントになっても大成功したに違いない。

「国友が強調するのは一つの歌です。この歌こそ社会を劇的に変えたと」

「一発芸みたいな歴史観ですね。いささか警戒心を抱きますが……」

「「カラスなぜ鳴くの。カラスの勝手でしょ」という替え歌です。真摯な問いを秘めた元歌は、対極の意味にすり替えられていく」

「お気持ちはわかります。歌は禁じられないな。無邪気に歌ったのは子どもたちでしょ」

機敏な対応力にぐうの音も出なかった。「マルクスは近代ですか」と問いかけた先輩編集者の組合との距離感を問うと、突如として大きな笑い声が返ってきた。

「すごい人ですよ。マルクス主義の影響が強い世代でも、マルクス派とは一線を画し続けた。この組合には関わりませんよ。でも労働組合への知的関心は持ちあわせていた」

「どうしてそれが可能ですか」

「この先輩は市民自治の旗手である著名教授の担当も長く務めていた。その方は戦後初期の労働組合も研究。その巨大な欠陥を見抜いて、後に市民の可能性に賭けていく。その影響を受けたはず」

マルクス派批判は、マルクスを読み込んでこそ可能。アカデミズムの継承と同時に新たな知の体系をめざしてきた編集者。闘病中の社長の逝去で次期社長に就任したという。

「あの『理想の出版を求めて』を書かれた人ですか」

「そうだ。あなたは読んでいた。あの本に組合役員を務めたとは書いていないでしょう」

「知的にマルクスや労組を語れるのにこの社の組合には無縁のタイプですね。執行部の大多数は逆方向の活動家さん。宮備さんは第三の道でしょうか」

この元社長の著書は愛社精神の強い人が感激して読んだらしい。

「宮備さん以降の委員長さんでマルクス・エンゲルス全集と格闘した。レーニンと訣別して全集を燃やそうと思った。そういうタイプの方はいませんか」

「ゼロですよ。マルエン全集とレーニン全集の巻数を考えてください。レーニン全集を燃やすはずないよ。読んだこともないのだから。私以降の委員長で、研究者志望で学問を続けてきた人は長らく皆無ですよ。学問の素養など必要ありません。みな委員長として有能で、職場で評価されている人。インテリだけが委員長を務める組合はかなり気持ち悪いです」

「初代委員長の吉野さんとベルリンの壁崩壊の年の宮備委員長さんだけで良いと……」

宮備さんは手を振って否定した。

「大学に一〇年いれば学問や読書の蓄積はあります。先輩委員長で優秀な編集者は多かった」

「ところが宮備さんのキャリアも無視する賃金制度でしたね。経験給も前歴給もゼロ。必死に学んだ歳月によって多くの企画は立案されているのに」

「逆サイドから眺めてください。出版社は編集者だけの世界ではない。学問や読書への情熱は企画を生み出す源泉ですけど、本づくりにおいて編集は一部門にすぎません」

「仕事とは本作りの実務であると」

「哲学史に精通。外国語に堪能。仕事に生かせなければ宝の持ち腐れです。各人の蓄積は尊重しますが、違いを認めた上で平等にという発想ですね」

「分業制である。制作も校正も平等で当然。それ以外の職場も平等だという流れですか」

「最初からすべて平等との発想です。本作りの職場を一段高く見る発想はない」

「高度の創造性を求められる職務とそれ以外とを同一視して良いのですか……」

「現在の価値観ですね。賃金制度を劇的に変えれば、組合の担い手を困惑させます。学歴不問の制度は正しい。貢献度重視さえ認めないというのが職場の意見でした」

熱弁を振るっている宮備さんの唇。その両端には今日も唾液が顔をのぞかせている。

「GKⅢとして、この間に問題意識は深まりましたか」

「吉野委員長らが実現した賃金制度と当初は考えていましたが、戦前の経験も重要だと思い直しています。昭和初めの争議の影響もありますね」

正しい認識だと評価してくれた。小売部は夜九時まで営業。人使いも荒い。もっと人間らしく扱えと告発されたことは戦後にも影響しているはずだという。初代副委員長の梅さんにも関心を持っているとお伝えした。

「梅さんまで調べたんですか。こりゃ驚いたね。現役社員で直接知っている者はゼロです」

宮備さんは御尊父・梅憲次郎氏の軌跡もご存じ。組合室の梅徳文庫を執行委員経験者は記憶しているが、それ以上の関心を持った者は知らないという。吉野・梅両氏らの率いる組合には差別のない平等な職場にするとの強い決意が脈打っていた。戦前の職工差別への怒りは全国で燃えさかっていた。ホワイトカラーである職員と生産労働者である工員の処遇格差を撤廃することが企業内組合の重要な課題であったこと。当時の労働組合では、ブルーカラーの要求を実現するために、高学歴者が先頭に立ったのだと指摘した。国友さんのレジュメと共通する内容である。

「ところで吉野さんは自らに厳しく、他人にも厳しい方だったのですね」

「知識人への思いは格別です。真理に命を賭ける。ガリレオ・ガリレイもジョルダーノ・ブルーノも吉野さん自身もそう生きてきたわけです」

「知識人は学問史で偉業を果たす。社員はそれを支える。賃金制度などのつまらないテーマはコルサルタントにまかせなさいですか?」

くだけた問いかけをしてみると、一瞬意地悪な表情になった宮備さん。

「絶対におまかせしません。この社の歴史は否定される。平等性と温情主義の解体なんて、そんなの絶対にイヤでちゅ」

イヤーン。思わずのけぞった。お孫さんに話しているみたい。かわいいその姿をスマホで見せてくれた。すぐに不適切な発言を取り消すと弁明して、きりっとした表情に変わった。

「編集者の負担が大きい。だがそのしわ寄せはすべて製作と校正に押し付けられると告発したいわけね。でも丸山先生の言われる抑圧の移譲[43]とこの職場のメカニズムは明らかに異質ですよ。編集が上位ではないの。編集と製作と校正とは対等です」

職場の戦後レジームを守り続ける。宮備さんは今日も首尾一貫している。

「長時間労働を受忍せよと。本づくりは疎外された労働ではないというお考えですね」

「試練をバネにするの。困難にぶつかれば能力は開花します。書物と学問に真摯に向き合ってこなかった人間に、編集者など務まりませんよ。ぜひ試練を乗り越えてほしいです」

「経営者としての平等観を一言でお願いします」

「人間は均質ではない。だから平等に遇したいですね。よりよい制度改革は否定しませんが」

二時間が経過して九時になっている。アメリカ在住の著者に電話するという。御礼を述べて会社を後にした。三つのインタビューが重なって充実した一日だった。駅の手前で、月刊誌の女性編集長が前方から歩いてくる。夜中まで仕事に没頭する吉野さんの継承者。岩波販鉄の女の愛称も耳にしていた。お辞儀すると眼鏡が似合うお顔で軽く会釈をしてくれた。

第六日　組合執行部派と批判派との攻防線

二月一八日。OB・OG会の世話人会議がお昼から社内で開かれるという。宮備さんを通じてその後にお二人から話を伺えることになった。その前に盛田さんから補足的なレクチャーをお願いしていた。学問と思想についての補講。ロビーの奥でお話を聞くことにした。

「歴史論ですね。重厚だけど、古めかしい質問もありますな」

盛田さんは開口一番、口元をほころばせた。

「第一問、創業者は五箇条の御誓文を心底讃えていましたか。どういうご趣旨ですか」

「敗戦に至る時点でもなお五箇条の御誓文でしょうか。この御誓文の延長線上に富国強兵が推進されて、後の戦争へと進んでいったのではありませんか」

やや単線的な見方に思える。まずは基本的な知識をと問われた。誓文の発された場所を尋ねられた。昨年暮れに京都御所を見学していたのが幸いした。

「創業者の姿勢はマヌーバーだった。そんな資料でもあれば別ですよ」

耳慣れない言葉は策略という。皇室礼賛の一点で誓文を批判するのは短絡的だと語った。敗戦の時点で創業者は岩波文化が多くの人と結びつくことの意義を力説していたという。

「現在の政治についいて幕府を批判する、いや政権を批判する方は誓文とは言いませんね」

高らかな笑い声がロビーに響き渡って、恥ずかしかった。

「勉強しすぎでお疲れですね。現在は立憲主義だ。戦前から立憲主義の軌跡は大事です」

乱読に次ぐ乱読。オーバーワークの日々は盛田さんにはお見通しだった。

「御社の歴史は一世紀強。でも生命の誕生以前から数世紀先まで、出版物は森羅万象に関わっている。知的遺産の海原に茫然とします。今どこを漂っているのかもわかりません」

「嬉しい感想だな。平和と民主主義の一点だけで讃えられるよりも光栄です。この社を自虐史観だと批判する人たちもきわめて一面的です」

歴史は重層的。言葉、風土、文化、芸術を含めて多面的である。政治的な裁断には距離を置きたい。盛田さんは奥行きのある本だけを担当したいと言葉を添えた。


「第二問は爆笑もの。明治の元勲の子孫や近世の旗本の末裔は社内に多いですか。近世と近代の連続面を意識するわけですね」

「社員の皆様のご一族が明治期をどう生きたかに関心があります。高貴な方も多いのですね」

「ファミリーヒストリーですか。高貴な家柄と思われる苗字の方も大先輩にいて、長年適任の仕事を担当されていた。なぜ旗本を意識しますか」

明治維新以降も、旗本は新時代に見事に適応したとの説に興味を持ったことを伝えた。

「都内の御三家の一つの創立者も旗本出身だね。社員で卒業生は多いですよ。女性では驚くべき名前の社員もいますよ。旗本陣子さん」

何ということかしら。お尋ねしてよかった。

「江戸期の家臣団で重責を担われた方のご子孫ですか。文化の殿堂たる社にふさわしいです」

「旗本との関わりは知りませんよ。旗本のイメージを話してみてください」

「将軍に拝謁できて素晴らしいです。武家屋敷の一角にある旗本屋敷は、高い塀を張り巡らして外から覗きこめない。松明は赤々と燃えている。書道、華道、茶道も嗜まれるその方は和服の似合うタイプでしょうか」

盛田さんは腹を抱えて笑っている。ずれているみたいだな。御尊父は世界音楽の専門家らしい。狭い日本の屋敷などに縛られるなという峻厳なる思い。諧謔の精神での命名かもしれないとのこと。たえず陣地の外へと羽ばたく優秀な編集者だと教えてくれた。

命名って適当だからな。六月生まれなのになぜ美春なの？　友だちからよく聞かれたもの。

「第三問、ウェーバーやマルクスはなぜ読まれなくなったのか。八〇年代以降に思想家として誰に注目してきたか。大テーマですな」

五分で語れない。後日メールで推薦図書を送ってくれるという。七〇年代まで読まれていた『社会思想史概論』[44]も参考にすべきという。

「第四問は人民と市民と大衆と群衆。この言葉をどう使い分けるべきか。興味深い質問だね」

最初に死語になったのは人民。大衆も前衛の対概念としての用法は消滅。ただ大衆酒場や大衆芸能という文脈では今も健在であるという。

「お持ちかねの方が来られましたよ。ではまた後ほど」。さっと席を立って行かれた。

ＯＧの住川伸子さん、ＯＢの沢野光二郎さんのお二人が着席された。自己紹介した後、組合に批判的な方のスタンスについてお尋ねしてみた。お二人は一九六〇年代の入社。今日は蔦の会というＯＢ・ＯＧ会の世話人として来社したという。

「労使関係や組合の取材としても、かなり角度のついたお尋ねですね」

沢野さんから問われて赤面した。組合の概要は何人もの方から取材してきた。執行部とは一線を画し続けた人たちの存在、その思想的な問いかけを知りたいと補足してみた。

「思想的な問いかけって、あまり意識しないですね」

優しい笑みを浮かべる住川さん。職場の声の多くは、仕事と生活に根ざしていると語った。ただ同年代の女性新入社員の発言をかすかに覚えているという。

「高卒入社の私と違って、最難関大学卒業後に入社された方です。総会だったかしら。新入組合員の自己紹介で、美しく張りのある声で鋭い発言をされました」

四〇数年前で、内容は覚えていないという。沢野さんは急ににこやかになった。

「よく覚えていますよ。『統一と団結』というスローガンを重視する組合らしいですが、そのDNAとは、戦前からいかに形成されましたか。『連帯を求めて孤立を恐れず』との緊張関係をどう見るべきですか。そんな趣旨だったはずです」

住川さんは驚きで言葉を失っていた。格別の事情があったのだと沢野さんは補足した。

「偶然です。その総会の書記を務めていました。文科系の新人さんがDNAという言葉も使って格調高い問いを発されたので驚きました。私の専門は生物学ですので」

現在は子どもでもこの語をよく使う。当時は事情が違っていたという。後日、自然科学分野への関心も強く、文系理系双方で活躍しうる人材としての採用と聞いて納得したという。

「新人として鋭すぎる発言に、総会の場は静まりかえったと思います」

恵まれた学力と教育環境もあって、その問いを発せたはずと沢野さんは語った。

「その質問にどう答えたのですか」

沢野さんは首を振った。組合は形式を重んじる。回答を求められても、執行委員会として議論していない主題は見解を述べるべきでないという。住川さんも補足した。

「その後は組合活動にほとんどご縁がなかったはず。容姿端麗で颯爽とした方。気安く声をかけられません。編集の人でないと話もあわないでしょう」

その人柄をユーモラスに誇張したのは宮備氏だと沢野さんは教えてくれた。

「メーデーへの参加を尋ねた際には、「労働者の皆さまの祭典ね。私、労働者階級ではございませんのよ、オホホ」と答えた。買い物もデパートが似合う人と語っていました」

高貴な方なのだ。ドレスで出勤はしないだろうけれど。沢野さんは補足する。

「大学紛争を経験して編集部一筋。群れたがらない人。さっきの発言は理解できましたか」

二つの言葉とも初耳であると答えた。

「「統一と団結」は組合員の要求と職場闘争から出発して、闘う労働組合の結束で広範な諸運動と連携して要求を実現し、共同の力によって社会を変えるというイメージですね」

住川さんは、もう一つのスローガンを理解できないという。

「学生運動の話ですか。先輩たちはその正反対です。新人を絶対に孤立させないように励ましてくれた。その温かさを忘れられません」

メーデーへの反応に興味がある。大手版元の正社員の年収を意識しているから。

「労働者階級ではないという発言に共感します。労働者階級が歴史を前進させるなんて大昔の発想のようにも思えます。階級という概念もわかりにくいです」

「学問的に攻めてきますね。でも編集者は専門職で労働者にあらずとまでは言えません」

沢野さんから率直な一言。住川さんは優しい口調で変わらない。

「メーデーに参加されたことはありますか。……やっぱりないのね。むずかしい議論も大事ですけどメーデーは働く者のお祭り。学問的にとらえても、すれ違いになります」

柔和な表情の住川さんに、一本をとられてしまった。沢野さんも屈託なく笑う。

「僕らは「私、労働者階級ではございませんのよ、オホホ」という宮備さんの物まねを笑っていただけだった。実は深遠な問いが秘められていたわけですな」

「宮備さんは物まねだけして、執行委員会での議論をスルーしたのではありませんか」

「お若いのに鋭いご指摘。でも宮備さんを支持しますね。執行委員の多数は学問的な関心で動きません。実務的な場です。階級論の議論は組合機関誌などでやってもらえばいい」

温かいまなざしでありながら、沢野さんは鋭い発言を続ける。

「御社はこの社の労使関係を疑っているね。労働組合こそ長年の経営危機を生み出した元凶。この社は労働組合倒産の危機に直面してきたと言いたいようだ」

鋭い。コンサルの世界ではごく普通の認識。でも今日は質問するのが仕事なの。

「とんでもございません。上司は出版労連に好印象を持っています。岩波書店をつぶさない、つぶさせないと経営危機を打開してきたのは執行部派の皆様でございます」

「そうなんですよ。その一点を忘れないでください」

そう言いながら、住川さんは油断していなかった。

「でもDNA発言の優秀な編集者よりも、高卒の私の方が高給だとしたら。そんな賃金制度はガラパゴス的で許されないと考えていますよね」

「いえ経験給の重視も含めて、年功序列的な賃金制度は戦後長らくのスタンダードです。ガラパゴス的であり日本的です。現実的なものは合理的だと、ヘーゲルも語っていました」

沢野さんの柔和な眼はやや厳しくなった。

「う～ん。見事すぎる新人さんだな。本音では、この社の労使関係と組合に強い不審を持っている。そうでしょう。正直にどうぞ。ほら、怒らないから認めなさいって……」

笑顔は優しいけど、さすが鋭い大ベテラン。真意を問いただしてくる。

「いえ。模範的な組合と組合を敵視しない会社の見識。お見事だと思います。ただ何十年と組合費を払い続けてきただけの方もいる。その存在にも注目したいです」

「世代間格差も深刻です。後輩たちの怨嗟の声も強まっているはず。取材しましたか……」

想定問答にはなかった。どう答えるべきか。一瞬とまどった。

「怨嗟だなんて……。音叉と同じで雑音は聞こえてきません。この業界のきびしさを覚悟された上で入社してきた。先輩たちを心から尊敬していると思います」

音叉という語に反応して、澄川さんは意外なエピソードを教えてくれた。沢野さんは若き日からラテンギターの名手という。もう。冷や汗が出る。年の功じゃなくて文化の優位性。沢野さんは核心にふれていく。

「反・非執行部派の人たちも信頼してきました。有能な人も多く、刺激的ですから」

権力者に媚びるタイプではない。役員へのお追従も言わず。組合執行部との緊張感も保ち続ける。時には鋭い視点で経営陣を問いつめる。

その昔、社内サークルでも組合問題が火種になったらしい。卓球部のリーダーは同年代の男性編集者で非執行部派。仲良くしようぜが口癖の人。組合問題での対立を嫌った。まず先手を打って仲間への親愛を行動に移した。当時からジェンダー平等、いや無差別全方位。チューチューしちゃうと黒髪に接吻を試みたが紙一重で思いとどまったらしい。

　お二人に感謝した。今日は二月の例の会。武蔵境へと直行すべき時間になった。


　国友邸に到着すると、二人は調理を始めようとしていた。国友さんの前掛けの紐を後ろから貴志子さんが結んでいる。今日は見事な魚が手に入った。冬場は時化も多いけれど、青森からマゾイ。銚子からもキンメダイが二尾届いていた。キンメでみぞれ鍋も作るという。大根おろしは胃に優しい。この鍋でお酒を飲むと最高だとナオミンはごちている。

　大きな三尾の鱗を取るのは私の役目。念入りに作業した。貴志子さんは真剣にチェックして、お見事だとほめてくれた。今日の魚は刺身も最高。良い出汁が出て、煮つけても美味しいと国友さんも上機嫌である。最後にマゾイに金串を刺して、焦がし過ぎないように皮目をガスであぶり、氷水で冷やして布巾で水気を取った。皮目がそりかえっている。

　豪華なお刺身を前にして乾杯した。キンメもマゾイも飛び抜けた脂の乗り。マゾイの皮はふくよかな感じで幸せ。

「寒い時季が一番美味しいのですね」と問いかけると、国友さんは微妙な表情だった。この魚の旬は冬だけでない。産地によっても違い、価格も変動しているという。

　みぞれ鍋も食べごろになった。昆布と塩と金目の頭・中骨で出汁を取った。最初は汁だけ味わうように言われた。水とお酒で舌の感覚をとぎすましておく。言葉もない。ポン酢で食べても酔いしれんばかり。ナオミンのピッチは速いこと。

「美味しいわね。これも隠された主役」

貴志子さんと国友さんは芹を話題にしている。この鍋に欠かせないという。

「大根おろしはすぐには溶けませんね」。独り言になっちゃった。

「みぞれは最初から溶けている。でも降り積もった雪も溶かしていく」

みぞれ鍋から、少年期のみぞれの思い出へと国友さんは話題を移していく。春がすぐそこに来ている兆しだと、祖父母は喜んでいたという。

「この会に仕事を持ち込まないはずだけど、今日は規制緩和で構わないよね」

国友さんの提案をナオミンは了承した。締めのご飯はその後でいただくとの不敵さ。飲み物だけ持って、テレビの前に移ることになった。


国友さんは珍しい録画を入手したという。古めかしい映像はやや暗めの場所。宴会をしている。何とあの会社の食堂とのこと。一九八九年のメーデーで集会と行進を終えてから会社に戻ったのだという。机は撤去されている。固定カメラでの撮影で誰もカメラを意識していない。

「何よ。何のひねりもないじゃない」。ナオミンは真っ先に不満を述べた。

「だいぶ早送りした。この辺から面白くなる」。国友さんは最後まで見たのだろう。

「長らくお待たせしました。本日のフィナーレは、俊ちゃんおどりです」

司会者はメガネの男性。その一声で、参加者は喝采を上げている。司会者ともう一人の太った男性の二人で、大柄な人を引っぱり出そうとしている。怒っているように抵抗する人。

「あ、岩岡さんだ。若いなあ」。ナオミンがまず気づいた。

「笑うな。絶対に笑わないでね」。司会者が呼びかけるたびに参加者は大笑いする。

「ホウゼンジ、ホウゼンジ」。不思議な掛け声も聞こえてくる。

「もしや「月の法善寺横丁」かな。岩岡さんの持ち歌かもしれない」

貴志子さんは司会者を意識している。長崎出身の知人と同じイントネーションだという。画面では岩岡さんは拒み続けたのでベテラン組合員が登場。地味な男がいたことを覚えていてくださいと語って、地味な演歌を行儀よく歌った。

「はい次。もっとテンポ上げてストーリー性を持たせないと」

ナオミンは指示している。映像でも司会者は苛立ちを隠さずに説得を続ける。

「俊ちゃん、決意してよ。それが見たくて二時間も待ってきたんだ。終われないじゃないか」

岩岡さんに向かって説得する。マイクを手にしながら会場内を駆けまわる。

「絶対に笑うな。笑えばやってくれないんだから」。そう叫ぶたびに笑い出す人たち。

「もう六時を過ぎているよ」。国友さんは画面の時計に注目せよと言った。その時、岩岡さんはおもむろに立ち上がった。司会者の指示で音楽が流れ始めた。

目出度目出度の若松様よ
枝もチョイチョイ栄えて
葉も茂る

怒ったように舞う巨体の岩岡さん。場内は異様な雰囲気。笑い転げる人が続出している。

「花笠音頭だけでなぜこんなに受けるのよ」。ナオミンは驚きを隠せないでいる。

司会者まで踊りに加わった。愛嬌のある男性が飛びついて、二人でひとかたまりになって岩岡さんに挑んだ。あざけりの二人を片手ではね飛ばす岩岡さん。場内の雰囲気は最高潮に達している。

カタカタと小刻みな音が聞こえる。画面ではない。貴志子さんがテーブルに突っ伏して腹を抱えて笑っている。こんなに感情を露わにするのを初めて見た。

「ハーヤッショ、マカショ、シャンシャンシャン」

激しい喝采の中で終了しても踊り手は憮然とした表情だった。指笛も鳴った。再びマイクを握った司会者の閉会の言葉。なぜか怒っているように見える。

「待った甲斐があったぜ。俊ちゃんだけが殻を破った。我々が殻を破り、古い上着を脱ぎ去らずに、なぜ組合は前進できるのか。俊ちゃんに続こう。明日からの奮闘を誓ってシュプレヒコール！」

一瞬唱和する声。参加者たちは肩を組んで歌い出していく。

起て飢えたる者よ　今ぞ日は近し　　醒めよわが同胞暁は来ぬ
暴虐の鎖断つ日　旗は血に燃えて

これがインターナショナルなんだ。初めて歌声を聞くことになった。

「殻を破ると言いながら、まだこれを歌うなんてマンネリだよね」

国友さんは不満そうだ。この歌で現実を変えられないことの重さを自覚せよ。一九七六年の吉野さんの言葉を意識している。食卓の煮魚に早くも箸を伸ばしながら反論する人。

「いいじゃないの。肩を組んで「月の法善寺横丁」を歌っても気勢は上がらないわよ」

国友さんは朗らかに笑った。スマホで検索すると、「包丁一本さらしに巻いて」で始まる歌詞。語りも長そうだ。締めのご飯を食べようと皆で食卓を囲む。健啖家は絶好調だ。

「俊さんって最高ね。笑いを取りに行っているのかいないのか、わからないところが素敵よ」

「牛がダンスしているみたいなんだもん」

貴志子さんは爆笑したのが恥ずかしそう。司会者の語りになまめかしい気持ちになったという。

国友さんは時間に注目している。

「午前に集合。式典の後に行進をしてから会社に戻って打ち上げ。三時間近くも続いてきた」

昔は巨大なデコレーションを作ってメーデーに臨む単組は多かったという。年に一度のお祭りを実現するエネルギーに驚いたらしい。

素敵な場面が一つあるといって国友さんは映像を再生した。武器は海に捨てろという歌詞だった。戦争を体験しているはずの大ベテランの歌声は盛大な拍手を浴びていた。

＊

翌日の臨時の事務所会議。研修最終日を明日に控えてのミーティングになった。

「御礼だけでさくっと終わらせていい。でも最後だから聞きたいことは遠慮しないで」

口火を切った国友さんは、ナオミンの感想を求めた。

「嫌なのは一つだけ。岩波書店の存在意義はますます高まっていますというフレーズよ」

「紋切型だよな。今やそうは言えないことを、皆さんもご自覚だろう」

「嘘よね。庶民は難しい本なんて読めるものか。自己愛と会社愛の塊なのよ」

八〇年代初めの組合の取り組みを国友さんは耳にしているという。

「街頭でアンケート調査をしたら、子ども達に奨めています。日本文化のために頑張ってくださいと激励ばかりだったらしいよ」

書店からの苦情。著者からの批判。社員は日常的にお叱りを受けている。その一方で感謝、激励、高評価も日々寄せられる。団交での長年の決まり文句を傲慢であると責められないという。

「GKⅢとは段違いね。私たちは偉いと勘違いできないから」

「芳岡君はこの一か月で何が一番面白かったかい」

「塙作楽(はなわさくら)さんの『岩波物語』[45]についての感想も聞いてみました」

「その宝塚系のお名前は誰なの」。ちょっと尖った声になったナオミン。

知らせていなかった。第二代組合委員長。丸山眞男先生と同級生で。月刊誌編集部でも仕事したインテリ。若くして退職して、七〇代で回顧録を書いた人と紹介した。

「だめよ。重要な情報はみんなで共有しないと……」

ご自分だってと言いたいけど。素直にうなずいてみせた。

「長く療養されていたので、多くの社員が見舞いに来ています。回想記はもの悲しい印象でした」

「革命を信じた時代の四〇年後だよね。思想も転換している。晩年の悲哀に満ちているだろう」

「面白いのは雄二郎さんへの注目です。入社後すぐに店主から社主、社長になったけれど、一方では創刊直後の月刊誌の新人編集者。運転手まで務めていたとの記述に皆さんは驚きます。雄二郎さんの運転するバイクや自動車には怖くて乗りたくないという人が多くて……」

晩年まで毎月の新刊から選んで少数の著者にじかに本を届け続けた雄二郎さん。同行する編集者は大変だったことも紹介した。粗相があれば叱られると緊張を高めていたらしい。

「初耳だな。どんなスタンスで著者と接していたのかな」

「感謝と敬意を伝えて本の感想を一言。長々と話さずに短時間で話を切り上げたそうです」

それが著者に対するマナーだ。お見事と国友さんは語った。

「美春ちゃん、なぜ今笑ったのよ」。ナオミンは鋭い。表情の変化を見抜かれてしまった。

「雄二郎さんの挨拶は短いけど、岩岡さんの踊りは長時間待たせる。その違いが気になって」

二人は不思議そうな表情だった。生煮えでも説明しなければならない。

「岩岡さんはまじめで全力投球。あのパフォーマンスで何かを表現していませんか」

「純粋な人。だから受ける。小細工はしないと思うけど」。ナオミンは納得できない面持ち。

昨夜思いついた理屈を紹介しよう。著者ミヒャエル・エンデの登場。

「岩岡さんは『モモ』[46]を読んでいるはず。この本を意識しているかもしれません」

時間どろぼうというモチーフも記されていた。灰色の男たちに時間を奪われてはいけない。働く者の絆で防御するのだ。でもメーデーはお祭り。この日だけはヘトヘトになるほど長時間になっても構わない。敢て皆を待たせて組合の存在感を示していると言うと、国友さんはうなずいた。

「いい線行っている。ユニークな視点だ。社会で実権を握る人たちは雑巾がけで汗を流している。それをしない者は発言権もない。そのリアリズムとも相通じる。この組合を支えてきたのは誰か。力を出し惜しみしない我々だというアピールかもね」

「長いだけではない。目的意識性を持っていると」。ナオミンも反応してきた。

「エリートには雑巾がけの嫌いな人もいる。知的に怠惰な人に近づかない人も多い。そこを執行部派は衝いている。そうだ。芳岡君に質問されて思い出せなかったYシフト。昔のノートに書いた言葉をようやく思い出したよ。吉本だ。吉本シフトという意味なんだ」

「社員に吉本さんという方がいたのですか」

「思想家の吉本隆明。二人とも知らないだろうけど」

かつての大手版元研究会にこの思想家のファンがいた。岩波の社内に友人を持つ人だという。この労組は巧みであるという文脈で、彼がこの表現を用いたのだという。戦後の教祖であるこの思想家は、労働組合の経験を経て社会運動と担い手への批判者としても頭角を現した。権威主義、事大主義、没主体性も射貫く視点での骨太の評論で一世を風靡したという。

「難しすぎるけどね。上の世代で猛烈に読まれた。出版界に入るような人はもちろんだ」

「吉本さんに心酔するような組合員に対して、特別なシフトを取ったという意味ですか」

該当部分を確認してみると、Yシフトの個所に批判×、論争×と書いてあることを述べた。

「批判しない。論争しない。ガチンコ対決は吉本崇拝者を勢いづかせる。この組合の土俵に乗ってもらおう。職場会、総会、メーデー、組合記念祭の行事などに参加してもらって、先輩組合員の声に耳を傾けてもらう。そのスタンスだね」

「なるほど。そうすれば、めまいを感じる訳ね」。ナオミンも一声を挙げた。

「模範的な若手組合員の声を再現してごらん」。国友さんは私にうながした。

「はい。入社する前は社会に一度も関心を持ちませんでした。先輩たちの勧めで組合活動に参加。すべて言われた通りに動いたら社会にめざめてしまいました。そんな語り口です」

「素朴でいいじゃない」。ナオミンの一言。国友さんはそこで火花が飛び散るという。

「吉本崇拝者は青いけど鋭い。そんな姿勢を許さない。何と没主体的かと批判する。岩波書店の存在意義はますます高まっています。学術書に縁のなさそうな委員長までそう発言すれば、吐き気を催す人もいる。その時はもう蟻地獄の中。毎月自動的に組合費は徴収されている」

違うの。ごく少数でも抗おうという人もいました。チェックオフ制度を拒んで敢えて組合費を別途に払い続けた人を紹介すると、二人とも驚いていた。ナオミンはさらに問う。

「そうか。美春の解釈では執行部派は批判者に問いかけていると。俊ちゃん踊りをやれるか。職場の多数派になれるか。長時間の会議に耐えてみよ。そう挑発したいのだと言うわけね」

「別のパフォーマンスも大歓迎。でも俊ちゃん踊りの後に大トリとしてお願い。二時間半待ってくださいと言われたら困りますよね。映画一本は見られますから」

「だめだめ。メーデーで最後まで残っているのは暇人と執行部派でしょう。最初からディスコミュニケーションじゃない」

「カルチャーも違う。執行委員会もやたら長かったはずだよ。昔は五時間、六時間など当たり前。夜中までやっていたらしいよ」。その一言に血相を変える人。

「そんな長時間なの。六〇分三本勝負にしろよ。庶民感覚とズレまくっている」

「一を聞いて一〇を知るタイプは耐えがたい。ただ組合の担い手はまじめで善意のかたまり」

国友さんは毒をもって毒を制すと語った。組合にはその視点もある。個人の内面や感受性は二の次。働く者は団結せよ。職場を発展させ生活を向上させようとの思いでつながってきたという。

「同調できない人。その毒気でアレルギー反応を起こす人はご勝手にということね」

合点がいかないというナオミン。釈然としないという口調でなおも続ける。

「景気良ければ組合も追い風なんだ。賃金は高い。社員食堂も高水準。組合行事は家族連れで参加できる。ごく普通の組合員がメリットを感じとれるしくみだった」

職場会や総会の録音を聞いての感想を国友さんに問われた。八〇年代後半以降だけである。

「退社する組合員は総会で感動的な挨拶をします。一〇代で入社して、組合のおかげで恵まれた職場で働けた。仕事と子育て、組合活動に打ち込んできたことを誇らしく語ります」

「ラッキーな皆さんだわ。この職場に入れたんだから。でも裏返して言えば、私の貢献も忘れないでね。努力を受け継いでね。この先は大変でも頑張ってねというメッセージでしょ」

その軽妙さとは違う。出席者は先輩の真摯なスピーチに盛大な拍手を送っていた。

「大昔は別にしても、総会で執行部が追及されたことはあるのだろうか」

そこまでディープな情報は入手していない。見当もつかなかった。

「長年信頼されてきたはずです。ただ猛烈な存在感を示そうとした時期もありました」

十数年前は社をめぐる状況が深刻になっていた。その時点で執行委員会が提起した文書を二人に示すと、驚異的に詳細で力がこもっていることに驚いていた。これに先立つ時点で人文社会科学書を専門とする取次が倒産。その社の存立と衰退に関わってきたこの社の責任も問われていた。困難な状況での労使交渉だったという。

「人件費カットも提案された局面です。執行委員会も必死だったわけですね」

社員の多くが危機感を共有していた。執行委員会だけにお任せではいけないと情報の共有と問題意識のすり合わせを独自に進める有志も存在した。執行委員会が対応を大きく誤れば影響力の失墜もありえた局面だったらしい。


「世間ではその前段階でリストラを進めていますよね」。いきなり世間の常識を語る人。

「組合が嫌がることなど、この社の役員会は絶対にやらない。銀行筋から役員が送りこまれるなど世間では当然だ。この社ではその選択はありえなかった」

「お見事ね。それで経協一本ですか。全社員と個別に面談しないのかしら」

まっとうな疑問に対して、国友さんは冷やかに語る。

「ダメダメ。組合を差し置いて許されない。斬新な発想には飛びつかない。経協が唯一の協議体なんだから。組合側の経協委員は全役員と毎月会えるという、課長以上の特権を持っている」

一つ発見した事実があった。

「見事な改革を実現されました。経協のスタート時は会社側が五名、組合側が一〇名でした。現在は双方が同数でリスペクトを欠かしません。対等と平等の見事な協議体です」

「かくして、すばらしい知恵が出てくるのね」

ナオミンの皮肉を受けて国友さんは締めくくった。

「やっぱり明日はサクッと短時間で終わらせよう。今から歴史掘り起こしても遅いんだよ」

第七日　醜男の効用。会社の現在地

二月二〇日、研修の最終日は三人で挨拶にうかがう。この第三会議室に来るのも最後だ。宮備さんは国友さんにエールを贈ってくれる。

「お二人とも熱心でした。ご指導の賜物ですね。労使関係は学生時代のご専門でしたか」

「とんでもない。戦前と戦後初期の労使関係史の専門書をある程度読んだだけです」

「実用的な本を編集して学術書も読んでこられた。最も印象に残る一冊は何ですか」

「今さら気恥ずかしい。三五年前に大学院で月刊誌の朝鮮関係記事を通読しましたけど」

「三五年前とは一九八〇年。ということは……」

「五月が光州事件。その前月に始まったゼミ。創刊時からの朝鮮関係記事を読み直した。知識人や革新政党の認識も、厳しく問い直そうとの趣旨でした」

「そんなこと初めて話してくれますね」。ナオミンの問いかけに照れ笑いしている。

「ハングルも読めない素人だよ。気軽に語れるテーマじゃないさ」

連載「韓国からの通信」が注目された時代。在日韓国人政治犯の救援にも献身する教授のゼミ。月刊誌を礼賛する視点ではなかったという。

「光州事件を対岸の火事としてではなく、主体的に受けとめていた訳ですね」

「十数年前に光州を訪れました。今は複雑ですね。犠牲者への追悼と虐殺への怒りは変わらない。

ただ「韓国からの通信」は伝聞情報も用いていた。当時はすべてを信じていました」

「独裁政権の暴力を止めるために、裏がとれない情報も時には発信したでしょう」

「昔の韓国にまだこだわりますか。日本でも韓流ドラマにはまったおばちゃんたちがハングルを勉強する時代になった。喜ばしいですよね」。ナオミンも口を挟んだ。

「今なお韓流ドラマにさえ距離を置いてしまうよ」

「宮備さんはハングルもご存じで、韓流ドラマも全部ご覧になっています」

私の一言で、国友さんの陰りは増した。前日のアドバイスとは逆方向に走り出している。


「専務さんはそこまで守備範囲が広いわけですか。直島の劣等感と反発も理解できます」

韓国映画は『ペパーミント・キャンディー』だけを見た。無力だった者として心痛むと国友さんは語った。ナオミンはうなずいて、角度を変えていく。

「隣国の独裁政権の下で多くの命が奪われていた頃に、この会社では一時金交渉で十数時間も団交を行っていた。月刊誌のお膝元の組合は光州事件で何を提起したわけですか」

企業内組合での尖鋭な行動は難しいはずと国友さんは述べて、にこやかな表情になった。

「底の浅い人ばかりではないさ。光州事件の直後に池袋の大書店で『流言蜚語(りゅうげんひご)』という光州事件を告発する感動的な詩集を買った。作者は熊谷達(くまがいたつ)。宮備さんの大先輩の委員長の筆名だよ」

「そんなことまでご存じだったのですか」

宮備さんは出版労連書記長も長く務めたその先輩を紹介した。最難関大学で吉行淳之介らと同人誌を発行。芸術各方面の才能にも恵まれて、ジャーナリストとしての嗅覚も鋭かったという。

「この時代に強く輝いていた知識人は和田春樹先生でしたね」

国友さんは金大中救援運動にも献身したこの教授への憧憬を語った。宮備さんもペレストロイカ論など何冊も執筆してもらったという。

「研究者として破格の存在。専門分野は超人的に広い。ロシア史も一九世紀から現状分析まで。ハングルも四〇代以降にマスター。現代朝鮮論も専門。社会運動でも飛びぬけた献身」

「その先生も、拉致問題への対応で世間から袋だたきになって以来、沈黙されていますね」

信じられない誤解であると宮備さんは反論した。

「ご多忙ゆえに、国友さんはPR誌も新刊案内も最近はご覧いただいていませんね。先生は驚異的な仕事をされていますよ」

七〇代後半で、重量級かつ刺激的な研究テーマについて続々と労作を発表しているという。

「大知識人は雲上人です。こちらは八〇年代の朝鮮半島に衝撃を受けて混迷した。月刊誌をゼミで読んだ後に、『凍土の共和国』[47]で北朝鮮像も変わった。八五年には週刊誌報道で北朝鮮が不審な行方不明事件に関わっていると想像しました」

「その時期から拉致問題を意識していたとはかなり早いですね」

週刊誌を偶然読んで隣国の関与を推測しただけ。国友さんは謙遜した。

「すばらしいですね。御社にはどの分野でもレジェンド的な先生がおられる」

「経済学ではI先生もお元気です。芳岡さんは幸運にも初日にお話されていますよ」

「あのI先生だったのですか。芳岡からロビーでおじいさんの先生とお話したと聞いています。社内をフリーパスで、四階の新書の編集部でも編集者と懇談されていたと聞きました」

「組合と昔は緊張感あったと先生は仰っていましたが……」。つい尋ねてしまった。

『ケインズ』[48]を新書で刊行するときに、労働組合の誰かがケインズ経済学に強い疑義を呈したらしいですね。どの場での発言かは知りませんが」

「興味深いですね。半世紀前のマルクス派はケインズ経済学を痛烈に批判した。でもマルクス主義の図式的理解でこの社を説明できないはず。横暴な資本家などいない。働く者は尊重されて、公共事業とは違うスタイルだけど、定年までの仕事を保証されている」

国友さんの口調は、屈折しつつもユーモラスだった。

「だからその先生は社内を自由に歩かれる。今や組合幹部が拍手でお迎えしているとか……」

ナオミンは隣国の指導者のイメージに強引に重ね合わせている。


「一知半解で著者への疑問を提起すると、社員は恥をかくのですよ。最近では、今をときめくナオミ・クラインさんに疑義を呈した者もいました」

あれ。この話題なのになぜ反応しないんだろう。隣を見たら居眠りを始めている。お茶をつぎながら、わざと音を立ててお茶碗を置くとうっすらと眼を開いた。

「学界もすさまじい競争社会。壁と格差はどこにでも存在しています」

あるシンポジウムでの著者の体験を宮備さんは紹介した。その日は満席で、若い世代の聴講者も多かった。閉会直後に花束を持った女性が何人も壇上に近づいてきた。主催者の配慮に感心していたら、その著者ともう一人を素通り。ただ一人にすべての花束が手渡されてしまった。

「素通りされたその先生は崩れ落ちそうになった。花束を受け取った方はおわかりですね。テレビでもおなじみの先生です」

「大ファンです。顔も声もたまらない。いっそそのこと花束になりたいな」

眼を醒ますと、早速この話題に飛びついてくるという敏捷さ。

「花束を受け取れなかった先生もハンサムでした。どこに出しても恥ずかしくない」

失意の著者を担当編集者は励ました。宮備さんはその会話まで覚えているという。

「今回だけはお相手が悪かった。一〇段階評価で全女性が最高点つけるほどに傑出しています。ジャパネットたかたの声ならファンも減るけど、声も魅惑的でまさに神の子。でも先生も一〇段階で八はいく。平均値は五で、私は二ですよ。でも先生を担当できるだけで幸せです」

宮備さんは共感力の強い人。部下からの伝聞を見事に再現してくれた。

「疑わしいですな。競争率の高い入社試験では容姿もポイント。一〇段階で二の男性は、難関の御社に入社できないと思いますが」。国友さんはクールに疑義を呈した。

「偽っていません。この点でも多様性を保持しています。全員イケメンなど許されません。外見で選別しないのが社のスタンスです。醜男の存在価値もありますから」

「またウィルソンさんですね。醜男枠にどんなメリットはあるのですか」。思わず尋ねてみた。

「コンプレックスを逆バネにします。明日の天気と容姿は変えられない。せめて仕事で全力を果たそうと熱心に働いてくれます」

宮備さんは会心の笑みで私を見た。ナオミンはすぐに反応する。

「いっそ全員醜男にすれば生産性も上がりますよ。専務さん、以前に社内に怠け者は二割もいないと仰っていましたね」

「申しておりません。録音をご確認下さい。二割ではないと申し上げただけですよ」

「怠け者が二割じゃなくて三割もいるんですか」

「五割ぐらいかもしれない」

ナオミンはガハハと大口を開けて、机を派手に叩いた。宮備さんは動じない。

「弊社では怠け者とは呼びません。夜明け前社員です。期待の大きさにくらべれば、ちょっと意欲が弱いだけ。二一世紀の遅くない時期にはめざめてくれるでしょう」

花束を受け取れなかった先生は再起したという。斬新な安全保障論[49]を上梓して大学関係者から注目された。どの大学内にも摩擦や対立はある。この著者は口舌の徒ではない。組織の安全保障で手腕を発揮される。その期待で学園理事長へのオファーも寄せられている。

「苦境に立たされたときの、編集者の励ましは意味を持ったのですね」

「芳岡さん、真に受けないでね。心底傷つけば沈黙しますよ。編集者に寛(くつろ)いでもらおう。劣等感は君だけではない。自分も屈辱感に苛(さいな)まれたと伝えたわけです」

「何のためにそんな話をされたのか」。ナオミンも訝しく思っている。

「私の勝手な想像ですけど。聡明な先生です。新著への意欲がある。それを直裁(ちょくせつ)に言わずに編集者の意欲を引き出したい。そこまで見通して表現した可能性がありますね」

「そっか。理事長のオファーがある方はやっぱり優秀なのね」

苦笑した国友さんは次の問いに進んでいく。

「御社の著者には、とびきり厳格な方も数多くおられますね」

「その通りです。全社員が感謝している売れ行き絶好調の辞典に辛口な先生もいます」

近年刊行された辞典[50]。国友さんは書名を見ただけで購入したという。著者の学識は豊か。タイトルは秀逸そのもの。安くて大助かりだが収録語数の少なさが玉に瑕(きず)という。

「姑息なコメントで逆鱗に触れてしまうけどね。評定と評定はないものねだりにしても、忖度と斟酌、心象と心証、様と殿の違いを知りたかったな。それがこの辞典の醍醐味でしょ。蘊蓄はすべからく間引くとして、定価は高くなっても、以上すべてを収録してほしかったですね」

「鋭くて斜に構えたコメントですな。なるほどね。同僚でも語数の少なさに疑問を持つ者がいて、ある作家の前でそれを話題にした。販売部数は超優等生でもその点は残念だと」

作家の視線はきびしくなった。自社出版物の弱点を社外で公言するのは社員の風上にも置けない。その叱責を覚悟していたら逆だった。真正面から批判せよと責められたという。

「優れた著者に言葉の感覚を委ねてしまう思想性を疑えよ。君はその程度の編集者だったのか」

除夜の鐘よりも脳天に響く批判。打ちのめされたという話に国友さんは眼を輝かせる。

「ラディカルだな。ことばの感覚を他人任せにしない。屹立したプロフェッショナルと編集者とはやはり互換性が利かないんだ」

そうであっても学界は実社会の縮図である。そのことを宮備さんは教えてくれる。

「全員屹立する存在では学界も成り立たない。付和雷同、同調圧力という局面も大いにありえます。若手研究者は師弟関係で苦労する。出る杭は打たれることも多いから」

「どのような批判ですか」。思わず尋ねてみた。

「すべて批判の対象です。オリジナリティある論文は必須。学術論文だけに打ち込むと、市民に届く仕事もと要請される。学内の公務や学会の仕事に忙殺されると、研究者としての本務をと忠告される。一般向きの本を執筆すれば文章が生硬すぎると批評され、ヒットしてメディアに登場すると、メディアに消費されたら終わりと警告される。教育者としての本務も手抜きせず、地道な学術論文に励めと指導される」

「何をやっても批判される。何とでも言えるわけですね」

「そうですよ。でも批判されるうちが花。コメントされなくなれば終わり。あの先生はいい人。いてもいなくてもいい人なんて陰口をたたかれて……」

「世間では批判はネガティブな語感だけど学界では違う。その存在が認められた証し。学術書が学会誌で批判的に論評されるのは名誉なことだ」

「ウィルソン的な多様性ではなく、規律と批判がともなう世界ですね」

「生態系だって弱肉強食でしょ。学界では平等主義なんてありえないの」

「等し並みではいけない世界なのか。売れっ子になれば講演料も高く、花束も殺到する訳ね」

ナオミンの指摘に対して、花束は傑出した方のみと強調する宮備さんだった。

＊

「せっかくの機会です。弊社への提言をお聞きしたいです。直島さんいかがですか」

「この前の提案、ボツにされました。とくにございません」

「先日は感情的になって失礼しました。一事不再理（いちじふさいり）ではありません。編集会では一度否決されても、再提案での可決がありえます」

「今日はこの部屋の絵に注目しましょう。街路も結構ですけど、躍動感ある絵に換えてみませんか」

「著名な画家なんですけどね。躍動感というと、岡本太郎とかですか」

「すぐに天才ばかりを意識される。無名画家で良いのです。その昔に渋谷の画廊で見た牛の絵に感動しました。斬新な日本画でした」

「どんな牛を描いた絵でしょうか。和牛。朝鮮牛。欧州牛。多様な種がありますが」

「伝統的な日本画とは技法も違う。抽象的で肉感的。銀色のイメージで生命力に溢れて、銀粉を蹴散らすような精力漲る雄牛でした。絵が替われば議論も活性化すると思います」

「ダイナミックな絵といっても、会議室ですからね」

宮備さんの口調は重くなった。企画について著者と打ち合わせ。企画決定後の出版契約、ゲラをめぐる真剣なやりとり。唯々諾々は許されない。初刷部数や定価などもその一つ。

「綱渡りの場面もあり、冷静に議論したいです。赤い布になってはいけません」

ピカソよりもセザンヌやユトリロが望ましいらしい。国友さんは冷静に確認する。

「動物は不向きである。植物の方が望ましい。毒キノコやケシでなければ良いと」

「植物も曲者です。人間を分断する。アサガオが象徴的です。一心に観察するタイプもいれば、ラジオ体操が始まるとの声に反応して体操会場へと結集して体操に励む子どももいる」

「まさに労働組合を担う活動的なタイプですね」。国友さんは応じた。

「学究的な子はメンデルの法則を意識する。雄花と雌花の受粉に関心を持つタイプ。転じて人間の生殖行動にはや関心を抱く子ども。源氏物語の夕顔を読む子はその亜種ですか」

「子ども向きの源氏物語もありますからね」。ナオミンは冷静に受けとめた。

「クリティカルな児童は、ラジオ体操派を問い詰める。ラジオ体操の開始は一九二八年。昭和天皇の即位の大礼の年である。戦争に向けての国家による身体の管理と動員である点をなぜ見抜けなかったのかと批判を始めたりして」

「それは大人ですよ。いくら早熟でもありえない」。国友さんの大笑いに対して、つい時間と空間を踏み越えてしまったと、宮備さんは釈明した。

「一人ひとり生育の過程も異なりますね。それにしてもグレードの高さに敬服します」

その一言でわれに返った。花と葉の露をぼんやりと見ていただけだったな。

「がんばって観察ノートをつけました。そんな平凡な子は出版社には入れないと」

国友さんの重ねてのコメントに、宮備さんは手を振った。

「入社後も輝く人がいますよ。逆も真なり。そこまでにしておきましょう」

堅実な人に職場は支えられているという。梅さんのエピソードが気になっていた。

「初代副委員長の梅さんはシングルライフでした。晩年は朝顔を眺めることを至上の喜びとされていました。子ども時代と晩年とでは朝顔も異なって見えるのですか」

「私も初耳ですよ。社員の誰一人知らないはず。あの時代の還暦近くだと高齢者でしょうね。見るべき程の事は見つという心境でしょう。でも超博学で好奇心旺盛の方だから変異朝顔などを楽しまれていたかもしれない」

ナオミンは勢いよく切り出していく。

「アサガオを観察したので学校論に移りましょう。ベルリンの壁の崩壊した年の宮備さんによる注目発言。執行委員会でレーニンの労働組合論の話題が出ましたね」

「何でしたっけ」

「レーニンは労働組合を共産主義の学校と規定した。その宮備さんの発言に対して、民主主義の学校と表現したいと若い執行委員から疑問が出されましたね」

「そうでした。ロシア革命に関心を持つ者もいた。レーニンがそう表現したのは事実ですよ」

異論を唱えた者も承知していたはず。でもこの際、民主主義と言い換えておきたいと言った。『スターリン体制下の労働者階級』も読んでいたはずと記憶をよみがえらせた。

「うっとうしいですね。スターリン体制なんて難しい言葉は庶民には理解できないよ。それよりもスタン・ハンセンの方が身近でしょう」

ナオミンの反応に対して、きょとんとしている宮備さん。紹介してあげよう。

「名レスラーです。専務さんより年下で得意技はウエスタン・ラリアット。ぶっとい左腕を振り抜いて相手の首を刈り倒す。徹底的に左にこだわった。政治的立場は知りませんけど」

国友さんは苦笑して、ナオミンは勢い込んでいる。

「専務さんは正しいわ。事実の改竄に反対したんだ。その男は卑怯よね。レーニンは時代遅れ。墨塗りで民主主義と言いかえろなんて。歴史改竄主義じゃないか。そいつこそウエスタン・ラリアットで強制収容所に送るべきだった」

「遅ればせながら世界標準。まともな感覚は持っていたんだろう」

国友さんは嫌みを言った上で、宮備さんに向かっていった、

「仰天します。一九八九年にその話題とは。ソ連でレーニン像が引き倒される二年前ですよ」

「会議中ではありません。組合は実務的な組織。執行委員はロシア革命史もレーニンも関心の外。経営問題を重視していました。決算書の読み方を学んで理論武装したわけ」

「それはお見事。さすが水準の高い執行委員会ですね」

ナオミンに続きたい。倒されたもの。建設されたもの。その明暗を浮き彫りにしたい。

「多くのレーニン像が引き倒されたまさにその直後。岩波では新ビルの落成という壮挙を実現しました。これで経営は安泰と楽観した人もいた。でも全く逆だった訳ですね」

意表を衝かれた宮備さんの表情はゆがんだ。国友さんも挑んでいく。

「学校なら、資本主義の学校であるべきだ。民主主義の理念は中学・高校で学べばいい」

「同感です。レーニンより国友さんを支持します……」。宮備さんは迷いなく語った。

「労働組合は学校でしたね。御社の文化活動もご立派。文化の学校、歌の学校として労働組合は長らく立派だった。でもそれで良かったのか」

「先輩たちの歌は見事です。四時半に仕事終えて練習できた。デモで発声も鍛えられました」

「大半の組合で交渉力は不十分だった。御社は別にして、経営協議会も変質し廃止された。そのシステムの整備と制度化よりも、まず政治や社会の矛盾と闘えと強調されてきたわけですね」

新しい労働社会を提起する一冊[52]の問題意識に、国友さんは影響されている。

「労使協議制度を再構築するならば、政労使で一挙に枠組みを作るしかない。敗戦直後ではなく、どの時点で可能性がありましたか」

さすが宮備さん。難問をスルーしない人だ。


「専務さんは革命派を過小評価されていませんか。社会主義、共産主義を理想とした人たち」

「革命派は社会の至る所にいた。ただそう身構えた場合も多いはず。企業内の要求だけでは物取り主義的な発想になりがちである。その要求を全社会的な文脈で位置付ける。その際にダイナミックな社会変革を展望すれば、闘いの意義は鮮明になると思えたのでしょう」

国友さんは半ば納得し、半ば納得していないようだ。

「解放区を作る。解放の砦を作る。労働組合や社会運動もこの問題意識ですね。ごく当然と思いますよ。田舎暮らしで自らの根拠地を作る人もいる」

「中世の山城も注目されていますからね」

すかさず私をみつめる宮備さん。中世史を学んだことを覚えていてくれた。

「砦の思想は当然ですよ。御社は堅固な砦内だけの繁栄ではなく、労使で民主主義社会の実現を願った。搾取なき世界を実現するともう一つの千年王国の夢想になびいた人もいたでしょう」

「そうですかね」。宮備さんは冷ややかだった。やりがい搾取を指摘されている職場に、そんな夢を見た人がいたのかしら。砦について盛田さんから一つだけ面白い話題を仕入れていた。

「興味深い誤植です。ある本で文中の「些か」が「砦か」とすべて誤変換されていたそうです」

「それは編集者のミスかしら」。ナオミンは真正面から尋ねてきた。

「校正者のはずです。編集者が指示したとしても誤字訂正の責任はありますから」

担当者はベテランで模範的な組合員であることを確認していた。

「砦の思想にとらわれて、間違った赤字で統一してしまったと言いたいわけね」

宮備さんも初耳だという。新人の担当者が統一を意識して余計な赤字を入れたことは記憶しているという。些かを砦かと間違えたという程度なら、不幸中の幸いだという。

「事情という語が頻出する一冊で、情事と一括変換したら大変です。回収します」

微笑みを隠さない専務さん。活版印刷時代の重大誤植。文選工によるたった一か所の衝撃的ミスとして著名なエピソード。校正の勉強をした時に私も耳にしていた。

国友さんは校正者の資質として興味深いという。

「統一と団結を内面化しやすいでしょうね。表記不統一は気になります」

「著者の原稿はアナキズムで良いのですよ。内容が第一。表記など不統一で構わないです」

宮備さんは校正者の適性を話題にした。学歴とは無関係。社外校正者で特別に優秀な一人は高校卒。社員で最も優秀な人も、不向きの人も同一の旧帝大出身者だった。優れた人はずさんな原稿整理を全てチェック。訳者以上の卓越した語学力を見せつける社外校正者もいる。

国友さんは、統一と団結なるスローガンを今回初めて意識したらしい。

「敗戦直後のセンスとは大違いでしょう。当時の労働組合は爆発的なエネルギーを持っていた。大会社の労務担当者が身内にいて、手を焼いたらしい。追悼集でお連れ合いが、労働組合はまさに狂犬のような振る舞いと回想していた。大笑いしたことがあります」

その時代の息吹を受けた組合。それなのに社内紛争を激化させず、パートナー的な労使関係を成熟させてきた。注目に値する組合だと国友さんは言った。

「この組合は狂犬ではないわ。忠犬ハチ公で名犬ラッシーだと讃えてあげる」

「犬に喩えないでくださいね。対等のパートナーシップです」

宮備さんから釘を刺されたナオミンは、独り言のような調子に転じている。

「この七〇年間なのね。組合のない職場で酷使される人。組合があっても過労死に追い込まれた人。労務担当として組合に追及されてノイローゼになった人。組合活動に熱を入れすぎて退職を強いられた人たちが消えては生まれ、生まれては消え……」

「その海の広さを知らずに、多くの勤め人は職場を去る。非正規は定年も無関係。単なる労働力の売買を超えたなどと確認できる職場は、パラダイスだよね」。国友さんは率直に語る。

「芳岡さん、まとめのご発言をお願いいたします」

宮備さんからの問いかけ。『モモ』では話が戻っちゃう。別の話題にしてみよう。

「内部留保を重視しなかった会社。役員も社員と大差ない報酬と推測します。理想の出版社は謎だらけ。社長さんは多数の企画の持ち込みを受けている。いっそのこと、編集者でない人が社長になるのはいかがですか」

「大丈夫なの。そんな思いつきを言って」。ナオミンは不快に近い表情だ。

「専務さんは宗教者に見えます。仏様とも深く通じている会社。「善人なをもて往生をとぐ。いはんや悪人をや」の悪人正機説。一木一草悉皆成仏（いちもくいっそうしっかいじょうぶつ）の理想を実現してきました」

「宮備さんは宗教史にも通じておられるらしいですね」。国友さんもフォローしてくれた。

「基本的な知識だけですよ。平安仏教では天台宗、鎌倉仏教では浄土真宗について学んできました。インドから中国、朝鮮半島を経て、大乗仏教がこの国にやってきた過程にも好奇心があります。サンスクリット語は知りませんが、大乗という語には昔から魅力を感じてきましたよ」

宮備さんは仏教ともご縁深いのだ。国友さんは思わず身を乗り出す。

「人びとが涅槃（ねはん）に至る境地でどんな乗り物に乗るのか。個人の選択でもあり、悩み多き人びととの結びつきに関わってくるお話ですね」

「インドでは牛を連想しますが、これはヒンズーですね。つまらない冗談ですが、涅槃に至る過程を一つの舟に乗るというイメージとみなすのはダメと大昔の組合派ならば拒否するでしょう。労使関係ではなく総労働対総資本。労資関係だとクレームをつけたがる人たち」

社内にキリスト者の比率が高いと指摘する宮備さん。それとは別の話題をお尋ねしたい。

「仏道では、人間の悩みや苦しみの固定的実体を否定しますね。空（くう）であるとみなします。この会社の労使関係と相通じていませんか。どなたが役員でも労使関係にはメスを入れられない。ここに矛盾は実在する。この一点を突破すべきと言う問いかけは持てず、空という態度をとる」

宮備さんは違うという。真摯に正対した上で守ってきたのだという。

「空なんて難しい言葉よね。あれ、空海って天台宗だっけ」。ナオミンはのんきだな。

「天台宗は最澄。空海さまは真言宗。高野山です。弘法も筆の誤りですね」

「この社に大きな誤りなどなかったのよ。その上での現在だ。組合幹部が一〇万部売れる本を毎年提案していくのよ。学術にこだわらない人の方がヒット作を生み出せるでしょうよ」


「仏道と共通する、空であると言われても、もう一つぴんと来ませんね」

宮備さんはナオミンの発言はスルーして首をひねっている。もう一言、補足してみたい。

「専務さんのお話は、崇高な理念に満ちています。人間を信じる。誰一人置き去りにしない。天台宗や浄土真宗も含めた宗教性とウィルソンの思想が織り合わされています。生命の多様性と人間の個性を尊重する。そこに至上の価値を置く稀なる空間ですね」

「誤解しないでくださいね。本が好きなあなたには『生命の多様性』をご紹介しました。他の役員が窓口になれば、もっと別の対応をしたことでしょう」

「ということは、もう一ヶ月研修は延長しますか。あら、嫌そうな顔になった」

ナオミンの切り込みは軽妙だった。国友さんも続いていく。

「賃金は仕事や労働時間や貢献度で決めない。人間の尊厳に対して払う。尊厳給という新たな賃金思想です。この会社の理念は、株式会社とは別の文脈でいつか評価されるでしょう」

国友さんの一言に、滅相もないという言葉が返ってきた。

「一企業の労使関係を支えた理念が、社会全体の指針になる。それは本当に可能でしょうか」

正面切った私の問いかけに、ナオミンの声量はアップしていく。

「調子あわせればいいの。世間で通用するものですか。この社の労使関係が広く浸透していけば倒産の嵐が吹く。労働組合の牛耳る社会になっていく」

「また過激なことを」。国友さんは苦い顔。爛々とした眼でナオミンは語り始める。

「長期停滞してきた組織の活性化で、冬眠から醒めた人びとは奮い立つのよ。今や先頭に立つのは女たちだ。家事労働の対価を払え。愛人への軽視を許さないぞと男たちに匕首を突き付ける者まで隊列に加わる。そんな事態になれば、レーニンの描いた世界じゃん。日本で社会主義が実現するって、それぐらいのインパクト。要するにSF的世界だ」

「鋭いです先輩。説得力あります」。ついあおってしまった。

「神保町の至る所に赤旗が林立している。いやだ。こんな空間から逃げ出したい。そう思っても腕章をした執行委員は監視している。出版労連を支える地協さん、地域協議会が動員してきた面々は、爺さんと婆さんも多いけどすごい人数だ。君たちは赤旗を拒否するのか。赤紙を選ぶのか。二つの道の対決だと詰められると、若者たちは青ざめてしまう。いやだ。殺人鬼にはなりたくない。小学生から塾通いをしてたどりついた会社だ。赤紙で召集されたら晶子母さんも狂い死にしてしまう。とか何とか理屈をつけては反戦の訴えに耳を傾ける」

「直島さんは役者よりも劇作に向いている。赤旗だけはいやだ。日の丸の小旗を振りたいと正直に言うべきですよ」

「専務さんすみません。まだ台詞は続いています」

私はまた議長役になった。ナオミンは声を潜めていった。

「でもね。道は二つだけではない。赤旗。赤紙。もう一つの赤は赤字経営の赤よ。赤旗と赤紙だけは拒みたい人たちが赤字経営を受け入れる。集団統制主義と戦争を避けようとして、結果として別の魔物を抱きしめてしまうわけ。うっふん。もうだめ。こらえきれないわ。真っ赤な太陽の熱で、何十年と身じろぎ一つしなかった根雪まで溶け出す。同時多発的に雪崩は発生している」

「根雪のような在庫がなくなるなんて。まさに画期的な前進ですね」

私の問いかけをナオミンは鼻先でせせら笑う。

「バカだね。いや私もだった。融け出すのはほんの表層だけ。だから根雪なんじゃないか。要するに、岩波モデルが社会で実現されてしまうとあちこちで大混乱を引き起こして、結局はこの会社の経営問題にもどって来るのよ。どれ、もう一セット行きますか」

熱演に思わず拍手した。宮備さんとの「七つの子」論争よりもインパクトは強いな。

「見事な一人芝居ですね。世相とかみあわない設定。弊社への認識もぶれていますけど」

「そうだよ。岩波さんは黒字の連続なのに失礼だよ。出版労働者は羊のように従順ではない。出版労連は賢明だから乱暴な指令など出さない。君は全く理解できていないんだ」

「赤一色だから圧縮できました。赤と黒の設定にすると議論はさらに長引きますね」

ナオミンは、私の指摘だけを評価してくれる。

「大事なのはその観点だ。長引かせてはいけない。三つの赤の討論を深めれば、あと五時間でも宮備さんは話し続ける。エビデンスもあるよ。受付で会議室の表を見たけど、この部屋は明日朝一〇時まで使える。長時間団交に馴れていない私たちはもう撤退しよう……」

＊

「さすが直島さんは鋭いですね。旅芸人としても立派に生きていける」

「大事な商談がありまして、失礼させていただきます。本当にお世話になりました。最後に五〇歳で逝去された一人の編集者について、お尋ねしたいです」

宮備さんの表情はにわかに厳しくなった。

「同世代で同じ職場でも過ごされたM内さん。理系編集者のレジェンドなので追悼集[53]も拝読しました。編集者になるために大学院を中退して入社された」

「具体的にはどんな御質問ですか」

「すばらしい同僚として、お二人は深い絆で結ばれていた。深夜まで話し込み、当時宮備さんが住んでいた船橋の青木荘というアパートにも泊まった。厳冬期は暖房が効かずコートを掛けて寒さをしのいで朝を迎えたこともあった」

「個人情報に立ち入ってはいけない」。国友さんの叱責はすぐにさえぎられた。

「秘匿する必要はない。赤木荘と言いかえなくて結構です。ただちょっとではなくて致命的なミスですね。あの本にはそのエピソードはありませんよ」

ナオミンは動揺していなかった。

「追悼集の原稿を執筆する際に、完成稿では、彼がアパートに泊まって朝方まで話し込んだとのくだりは削除しました。思い出は濃すぎる。辛さもありました」

「もしや一つの布団ですか。恋愛関係ではないですよね」

時代遅れのジョークを言う人。吉本新喜劇で研修せよと上司は渋面。宮備さんは問いかける。

「原稿に記さず、内心に留めていた点まで、なぜご存じなのですか」

「いつもアドリブです。八〇年代後半には職場の様子も変わって、M内さんはしばしば会社に泊まりこんでいた。当時からのご無理もたたったのですね」

周囲でも心配し続けていた。休養しないと身体をこわすといつも忠告した。爽やかな笑顔で、睡眠時間は君の方が少ないよ。お互い様だよなと笑って応じていたらしい。

「社への宿泊を彼は内密にしていました。誰に取材したのですか」

飲みすぎて終電を逃しては、会社に泊まっていた人物。自分が泊まる際はM内さん、校正部の課長さんが必ず泊まっていた。二人とも亡くなられて残念と話してくれたという。

「宮備さんと違って、M内さんは過度の優しさを否定する方ですね」

「編集者にはきびしい。編集部のリーダー格も容赦なく批判していました」

団塊の世代でも家庭の事情で進学できなかった者がいる。立派な学歴を持ち、編集者になれた人間の責任は大きい。自らの企画を実現できるのは特権と語っていた。

「M内さんは、理系編集者のレジェンド。インターネット部門でのパイオニア。経営危機を突破する上で、データに裏づけられた構想力を持っていた方ですね」

「その通り。文字通りの大黒柱。至宝です。九八年の逝去の際には社員も著者も衝撃を受けました。元気ならば長らく役員を務めていたはずです」

「宮備さんとは違う方。労使関係を温存せずに大胆なリストラを構想されていた方では?」

「創作しないでね。総務の女性が希望退職を募るべきではと尋ねた際に、うろたえるな。そんな局面ではないと応じていました。編集者の奮闘で危機を突破できると信じていました」

九〇年代の前半だったのだろう。もう二〇年以上が経っていた。

「この社の労使関係に苛立ちを感じていませんでしたか」

「御社の問題意識でしょ。そんなちっぽけなテーマに彼は向き合っていません。宇宙はどう形成されたのか。人間はどこから来たのか。インターネットは世界をいかに変えるのか。その研究の最前線に立つ研究者と四つに組める知性で、一般読者も読める本を続々と編集した。この社の労使関係など、研究対象にもなりません」

「労働組合を支えて、社会を良くしていきたい。そう願った人もちっぽけな存在ですか」

「企業内組合に期待しすぎないの。この制度では会社も社会もダイナミックに変わらないんだ」

穏やかな声で国友さんが私に返答すると、宮備さんも反応した。

「宇宙論とか人類史との比較で申し上げただけ。その人たちの思いはちっぽけとはいえない。私もその人たちを裏切らないと思い続けてきましたよ」

「会社とは有能な人間にやたらに負荷をかけるのよ。私にはかからないけれど」

ナオミンは涙ぐんでいるように見える。

「吉野さんでさえ、人生を閉じるまでにすさまじい努力を重ねた。多くの同僚と同じで、M内君と私も吉野さんの弟子です。全力を出した。それを申し上げるだけです」

「M内さんのご冥福をお祈りします。宮備さんもまた岩波書店の戦後史に燦然と輝き続けていくでしょう」。一礼してナオミンは退室していった。

「気合いが入っていましたね。理科系編集者のレジェンドに強い関心を持ったのですね」

宮備さんは余裕をとりもどしていた。

「とてもハンサムな方だと。イケメン枠・超エリート枠という二枠ダブルで入社された方。こんな素敵な人の下で働きたかったと直島は申していました」

私の不用意な一言に、国友さんは思わず咳きこんでいる。

「チビでハゲではなく、M内さんの部下になりたいか。入社できるはずないですよ」

「いや御社の熱心さには感服しますね。業務をこの間後回しにして大丈夫ですか」

宮備さんこそ十数時間も付き合ってくださった。国友さんは苦笑いとともに語った。

「ところで、長崎出身で組合活動に熱心だった人はおられませんか」

「O田君ですね。ひょうきんでいい男だった。ずっと好いとったよと多くの女性に声をかけながら、病気で亡くなりました」

「そうですか。素晴らしい職場でも在職死も含めて、不幸は生じますよね」

委員長時代の思い出を宮備さんは話してくれた。女性組合員からの深夜の電話である。

「酔っていた。職場での人間関係のもつれを職場委員会で取り上げてくれないと愚痴っていました。執行委員会での対応を約束しても電話は終わらなかった」

新人から昔は若鮎でしたねと言われて傷ついた。入社時との比較で、体重は五割増。給料には及ばないが急増は事実だった。失礼な若僧に憤ってみたけれど、体重増加の理由は語れなかった。まだ一〇代だった時からのトラウマだったという。

「ある高名な作家に上司からの指示でゲラをお届けした。その際に粗相があったらしいのです。その場で叱りつけられた記憶は脳裏から離れず、後々まで過食の引き金になったらしい」

「原稿がはかどらず、先生も苛立(いらだ)っていたのかな。直島なら襟首をつかみかねない。絶縁されてしまう。その方は自ら傷を負って社に損害を与えなかったんだ」

国友さんにはもう一人気になる人がいるらしい。電話での問い合わせに対応してくれた声の高い人。編集部の要職のはずという。創業者と同郷。組合委員長としても先輩。傑出した法律書[54]の編集担当者で佐田恵二に似ていると宮備さんは教えてくれた。

「すばらしいですね。委員長経験者で花形編集者だったわけですね」

「いや違うな。仕事中毒の対極で飄々（ひょうひょう）としている。押しは強くて会議の仕切り名人です」

法律学専攻のマルクス派。後年にはバーリンを愛読し気功や詩吟にも打ち込んだという。

「御社では続々と将来の担い手は育っているわけですね」

「やり手タイプは警戒されがちな職場。その対極タイプが歓迎されます」

最近役員になった一人は、職場で絶大なる信頼を集めている。仕切ることも話すことも苦手。仕事の能力は高く、限りなく腰は低いので大評判だという。

「理想のタイプじゃないですか」

「編集者への敬意が強いです。編集部への批判を聞かせてと迫る後輩に対して、長時間労働の編集者を批判できない。たたき上げの自分にはその能力もないと涙ぐんで断った」

「その方は、普通は役員にならないタイプと思えます」

「人徳のある彼こそ適任だと皆が実感しました。彼が編集者の判断に従わなかったのは一度だけ。児童書の広告でピッピは永遠のヒーローというコピーをヒロインと訂正したぐらい」

「ウソでしょ。児童書の編集者さんはピッピを男性と間違えるはずないと思いますけど」

　つい大きな声になってしまった。

「そうだ。本人がヒーローと間違えたのでした。他部の新人から指摘されてヒロインと訂正。素直に感謝を表明したわけです。心がとても広いんだね」

　もう。凡ミスを挽回しようとおやじギャグ。その時、内線が鳴って国友さんが呼び出された。電話を切ると、緊急連絡で何本か電話をしたいという。二〇分後に再開することになった。今日が最後なので、「カベ新聞」を読みたいと宮備さんに申し上げて許可された。食堂に行ってみると運悪く組合の総会をしている。しかたなく会議室に戻った。

戻ってきた宮備さんはおもむろに話を切り出し始めた。

「お返事を今日いただく必要はありません。いつか社員を募集する機会あれば、受験してみませんか。学問や読書に情熱を持つ人にこの社で働いてほしいですから」

「無理です。難関大学の人もほとんど落とされると聞いています」

「どの分野で編集者が不足しているか、ご存じですね」

「法律学と経済学。歴史学では古代史・中世史などを専攻した人は手薄と聞きました」

「取材を受けた何人かの者も、ちょっと好感を持ったようです」

「ありがとうございます。GKⅢでがんばっていきます」

「厳正な入社試験。試験問題の管理だけは厳格な会社ですからね。今回の出会いもコネにはならない。ただ試験の傾向と対策ならば誰かアドバイスしてくれるはず」

国友さんが戻ってきた。この件についてすでに了解を得ていると宮備さんは微笑んだ。

「どうしちゃったの。こわばっている印象だけど」

国友さんに言われると、だまりこんでしまった。

「……光栄だけど納得できません。私だけだなんて。なぜ等し並みの対応ではないのですか」

「編集は、等し並みなんてありえません。学問も芸術も限りない格差がつく世界ですよ。編集者は万能であるはずはない。ただ秀でている点は必要です」。宮備さんは微笑んだ。

「ダブルスタンダードです。組合的理想を讃えながら、本音では差別と選別を認めている」

「芳岡さんは鋭い。その通り。それを見抜ける人は編集者の適性を持っているわけだ。吉野さんも同じ視点です。全社員を尊重するけど、全員が編集者を務められるなどと思っていない」

「嘱望されて入社した方ばかり、夜明け前の雄鶏。大活躍が期待される方ばかりでしょう」

「そう期待して、幾年月も流れました。愚痴をこぼしたいタイプもごく少数います」

「おんどりゃー、働けーって机を叩いて、気合を入れたらいかがでしょうか」

「ダメだって。恫喝はハラスメント。専務さんから受験を勧めていただけるとは名誉だよ」

国友さんはあわててたしなめてきた。宮備さんは何か言いたそうな感じ。

「一言訂正します。一番鶏として時をつげるだけでは困る。卵も産んでほしいのです」

もう、ふざけてばかり。雄鳥は卵産みません。国友さんまで脱線し始めている。

「アニマルウェルフェアの観点で、欧州ではニワトリのケージ飼いを禁止している。当然かもね。でもケージは全否定されるべきか。餌とケージの広さに工夫すれば、素晴らしい卵はできます」

卵かけごはんの名店も、ケージ飼いの卵を使用している。そんな知識まで披露している。

「この職場はニワトリの平飼い。家畜の放牧と同じだと。ケージに入れて管理すればもっと生産性は上がると言いたいのですね」

「鋭い。さすが読心術の達人ですね」

「ニワトリに喩えられる存在だけではありません。ゴリラや蝶のような存在もいる。画一的なケージは無理ですよ。隣同士でも時に職場問題が発生。そのたびに職場会になり経協の回数も増えます。現状を維持させてください」

二人はオーウェルの『動物農場』[55]の話に移って意気統合している。私は完全に置き去りのまま。もう。もう。だからインテリさんは嫌い。国友さんを睨みつけてしまった。

「私をリストラしようと、この研修を実現されたんですか」

「とんでもない。リストラしたいのは、もう一人だよ」

「先輩に岩波に行ってもらってください。編集者は無理でもいつか組合委員長になれます」

「困る。いくら温情主義でもそれだけは断固としてお断りします」。宮備さんは断言した。

なぜか息苦しくなってきた。過呼吸の前兆かもしれない。

「勉強できる職場だと都筑先生にお伝えしたら、喜んでくださいました。例の会で、貴志子さんとお会いできるのも楽しみです。鱗取りも上手になったねとほめてくれて……」

「どうしたの。何も泣くことはないじゃないか。受験を勧めてくれただけ。入社が決まったわけでもないのに」。国友さんはうろたえている。

ハンカチで目元を押さえた。嘘泣きじゃない。一瞬、雲の上にのぼってしまった。雲海の間から、穏やかな波の中に佇む岩室が見える。聳え立つ知の砦。労働者の殿堂は温室付き。一ヶ月ではなく、永住できるならば母さんは万歳三唱に加わる。どんな歌も歌ってしまう。

「鱗取りって何ですか」。宮備さんは不思議そうだ。

「魚を調理する食事会です。ぜひお招きしたい。春には琵琶湖の小鮎も取りよせます」

「一度お伺いしましょうか。今日のようなお誘いはいけませんね。直島さんも同席しているその場で、正々堂々と芳岡さんだけに受験のお勧めをしましょう」

「バカ。来ないでください」

「そんな失礼なことを。許されないよ。申しわけありません。精神的には未熟ですので」

「ちょっと挑発したのがいけなかったですね。ペチャです」

専務さんなのに人まねなんかして。つい下品な笑いになっちゃった。

「最後までお行儀よくしないさいよ。君を養子に迎えてもいいんだ。希望者が現在一人いるけど、妻は拒絶。美春ちゃんは歓迎するって。我が家からここへ通勤しても構わないよ」

「そんな事態になれば、先輩は爆発します。三鷹駅前で無人電車を暴走させ、北口の高層マンションにミサイルを撃ち込みます」

「その点ですよ。直島さんの暴力を何としても阻止する。GKⅢをつぶさない。つぶさせない。そのスローガンでお二人は固く団結すべきです」

「もう。他社には見事な経営指導をされる。直島ならそう皮肉を言います」

ナオミンに責任を負わせて非礼をおわびした。心の広い宮備さんは受けとめてくれる。

「今後ともご縁あればいいですね。芳岡さん、締めくくりの一言をお願いします」

「宮備さん、お世話になりました。御社のペレストロイカの旗手として、益々のご活躍をお祈りします。それでは本日の総会は終了します。後片付けは全員で。な～んちゃって」

今日一番の笑顔をいただいた。

「専務さん、みやびなる宴をありがとうございました」

国友さんの表現に宮備さんは反応する。私の知らない言葉を共有しあっている。ロビーで待っているように国友さんから指示された。


この地下二階だけは古めかしさがぬぐえない。一九七〇年に建てられた建物の密閉感を意識してしまう。エレベーターで地下二階から一階へ。受付の前で大柄な人に声をかけられた。

「あの。ちょっといいですか。校正部の水山勝朋です。ぜひお話ししたいと思っていました」

大柄な方。労働社会論に関心を持っているという。どこかで一度お会いしている。

「いま専務さんと上司も参りますけど」

そうだ。五階の校正部でゲラの束を持っていた方。職場環境美化の先頭にも立たれていた。

「この後、「さぼうる」でどうでしょう。先に行って待っています」

「「さぼうる」ですか。素敵なお店らしいですね」

もっそりとした外見でも敏速な行動提起をする方。国友さんと宮備さんの姿が見えると、水山さんはエレベーター方向へ動く。また戻ってきて何度もこちらを見ては夜間受付へと急いだ。

その三〇秒後、私たちも受付前から夜間受付への細い通路を進む。この通路を最晩年の吉野さんも通ったという。夜間受付の前まできた。

「一ヶ月お世話になりました。岩波書店、何も異状はございません」

夜間受付の二人は丁重なお辞儀をしてくれた。眼の前の会議室の表を一度ものぞかずに別れを告げていく。宮備さんに深くお辞儀して外へ出た。本社に顔を出すという国友さんとは別れて、一人で帰ることにした。九段下まで裏道を通っていこう。

エピローグ　馬と蟻

　オフィスに戻ると七時になっていた。ナオミンから「おのぶ」でご馳走してくれるという連絡が入った。一時間後、金曜夜なのに珍しく空いているカウンターで乾杯した。

「入社一年未満で一ヶ月の研修なんてありえないわよ。ラッキーな人ね」

「本当にそう思います。先輩にもフォローしていただいて」

「恋愛もそうなの。別れ際は大事よ。専務さんにバカと言ったり、ご厚意を拒絶したりは最悪。春闘要求と同じで、形だけは受け取る。職場の信頼する先輩に相談しますと言うべきよ」

　早くも情報を入手している。他人には正しいアドバイスできる人。

「先輩、教えてください。なぜ研修は可能になったのですか」

　スマホの写真を見せてくれた。白髪で眼鏡の男性がカラオケのマイクを握っている。

「この方、インテリ風の社長さんですね。よろず相談の方ですか。交際されているのですか」

「バカだね。元敏腕編集者で、さっきあなたが別れを告げてきた会社の役員も務めた猪熊三夫さんよ。最難関大学で歴史学を専攻。卒論は……鉄の関係だったね」

「鉄道ですか鉄砲ですか、製鉄業ですか。ぜひお会いしてみたいです」

「でもあなたとは相性悪いな。愛煙家でカラオケ好き。嫌でしょ。でもセクハラ系ではない」

「そんな方とお知り合いだったとは。岩岡さんのインタビューの直前もご一緒でしたね」

「そうよ。カラオケ仲間だから。カラオケボックスに三人でいたわ」

「前日まで『ヒロシマ・ノート』をご存じなかったのに、一晩で深い読みこみをされた」

「役者の経験あれば何でもないよ。一晩で台詞を覚える。シナリオは猪熊さん。多喜二は作家だから「主人持ちの文学」と責められたけど、私は岡持ちになればいいだけ」

「木製の岡持ちって素敵ですよね。『ヒロシマ・ノート』も運んでくださいました」

いささか胃がもたれたな。むずかしい内容だったから。国友さんは猪熊さんと面識がないらしい。ただ編集した本は何冊も読んでいたという。

「猪熊さんをどきりとさせる質問を教えてと言ったら、二つも教えてくれたのよ。第一問。歴史学者と真摯に対話できる方は、超ベストセラーを担当して変貌されましたか」

　空前のヒット作となった新書の編集担当者は猪熊さんだったという。

「第二問は『夜明け前』[57]に関わるディープな質問よ。狂死した青山半蔵にとっての平田国学。作品には登場せぬ昭和マルクス主義。人間により大きな苦悩を与えたのはどちらですか」

「すごい二択ですね。意味は全く理解できません」

「あなたでもわからないの。私にはあさっての方向よ。でもね。二つの質問は心に刺さるのかしら。奴（やっこ）さんは吃音気味になって陰りを深める。コメントは難解でも真剣に学問してきた人は違う。正直ぞくっとするほど魅力があるわ。その後の歌にも酔わされる。だから毎回同じ質問をするの」

「ご高齢でもしや前回を失念されているとか。いえ。心の琴線に触れるのでしょうね」

「その後の選曲は配慮するな。ディープな質問をした後で、「軍艦マーチ」は歌えないじゃない。「時代」とかそっち系の歌を選ぶ訳よ」

「『夜明け前』って文庫本で何冊もありますね。先輩は全部読んだのですか」

「読むわけないだろうが。猪熊さんだってお見通しよ。冒頭から納得できないもの」

「木曽路はすべて山の中である。どこがダメでしょうか」

「平凡すぎるんだって。神保町は町の中である。古書店街がある。その程度でしょう。私が書けばね。……「木曽路」で密会したくない。ロマネ・コンティ飲める店でどう」

ぼんじりに舌鼓を打っていたナオミンは、おしぼりで手をきれいに拭いた。バッグから手作りの小冊子を取り出した。

「表紙は銅版画ですね。優しそうな感じの方、あれ……」

NAOKI 1957―2014と記されている。奥付を見て思わず眼を疑った。

「蟻塚直樹さんって亡くなったんですか。スッポン養殖構想の提案者。絶対に不倫できない男性社員ランキングの第二位に選ばれた方ですね」

「去年の秋に早期退職。二ヶ月後に五七歳で急逝した。心臓疾患。息を引き取った場所は病院でも家でもなかったの」

日頃から、もしもの時には元職場関係には知らせないようにお連れ合いに要請していた。国友さんは直後に連絡を受けた。居酒屋で出会い、親しくなったという間柄だったという。

「南村委員長は、醜男の典型と話していました。さほどひどくは見えないですけど」

広辞苑の図版も手掛ける人に、若き日の写真を届けて特別によく描いてもらったらしい。

「この方の急逝と研修とは何か関係があるのですか」

国友さんの単独行動。専務に面会を求めて、突然死と労働時間との関係を詰問したという。

「過剰反応よね。でも平和と民主主義、人権の尊重を訴えてきた会社が腹立たしかったんだ」

二ヶ月前の退職者の病死でも、元の職場を訴えられるという。宮備・国友会談は最初から決裂した。弔意を表したい。ただ仕事量は少なく貢献度も低かったと専務さんから反論された。

「もしやそれが研修の発端ですか。でもその経緯を調べるなと国友さんから厳命されています」

「甘いんだって。それで諜報員が務まる。ペチャと言って宮備さんから聞き出さないと」

あの社には何のプラスにもならない。研修希望者を受け入れるはずはないのだ。

「博愛主義者だからね。国友さんの声涙下る訴えに動かされたのかもね」

何のプラスにならないことを個人は選択する。でも会社には判断力があるはずだ。

「極秘情報ね。……。蟻塚さんが息を引き取った場所よ。お連れ合いも気の毒ね。自分ではない、一糸まとわぬ存在にしがみついて苦悶とともに人生を閉じたと聞かされれば……」

一瞬、言葉を失ってしまった。

「愛人様との情事で心臓発作を起こした。秘められた逢瀬の果てですか」

「仰せの通りでございます」

「そんなディープな情報まで、先輩は入手されている。でも南村委員長に一笑にふされるような究極の醜男さんに、異性との出会いはないと思いますが」

火薬庫にダイナマイトを投げ入れてしまった。握り拳でカウンターを叩いたナオミンの目付きの鋭さに震え上がった。眼の前のグラスを握りつぶしてしまうほどの荒れ模様だ。

「見損なったぜ。醜男だって出会いはあるよ。二重あごと言われて捨てられた女だって、一度はあったよ。あっちゃいけないのかよ」

「とんでもございません」。殴られることを覚悟した。

「このペチャ子」。激高する物体との距離は二〇センチ。半泣きで失言を詫びるしかなかった。

その時隣の席に、お客さんが入ってきて救われた。携帯への電話で声色が急に変わると、店の外に出て行った。

「えらい剣幕だったたね。時々機嫌が悪くなるので気にしないの。気分を切り替えてね」

おのぶさんがサービスのお椀を出してくれた。一ヶ月の研修の最後に待ち構えていた落とし穴。宮備さんからのお誘いで浮ついていた。平常心を失ってはいけないのだ。

あれ、何なんだろう。お椀の美味しさに驚く。おのぶさんに尋ねてみた。

「もちろんあごだよ。あご出汁。今週のサービスよ」

右手の人差し指が震え出した。まずい。それだけはやめてほしい。

「お願い。今日だけはあご出汁って言わないでください。トビウオ汁でお願いします」

「はあ。なんで。……。あなたがそこまで強く言うなら従いますけどね」

驚いたかな。無謀なお願い。常連でもないのに料理の名称変更を求めるなんて。焼酎のロックをごくりと飲んでみたら甘い。店内の客に次々とお椀を出しているおのぶさん。トビウオ汁と呼んでくれる。嬉しいな。でも安堵は五秒で打ち破られた。

「美味しいじゃない。このあご出汁は最高だね」

「あごは二重丸だよ。三重丸だよ」

この汁物を讃える声はざわめきとなって続いている。トビウオ汁という新メニューで意思統一を図ったのに、旧来の名称にこだわり続ける大衆の皆様。いけない四文字を連呼しちゃっている。当然かもね。焼酎のロックで陶然となっていく。

もう発想を転換しよう。「七つの子」の替え歌も認めたい。この汁の名前など気にしない。そう思うと気は楽になる。まだ戻ってこないな。長電話記録は五〇分だもの。

にわかに別の不安にさいなまれた。「さぼうる」で水山さんが待っていたらどうしよう。お誘いを断っていない。閉店まで粘って一縷の望みを託して、厳冬期に夜明け前まで路上にいれば凍死もありうる。マッチ売りの少女よりもフランダースの犬に似た水山さん。不慮の死を遂げれば大変なことになる。あの方の自己責任と弁明しても、労働組合は許さない。抗議のデモ隊は押し寄せてくる。われらの勝ちゃんを返せ。新自由主義者芳岡美春を許さないぞ。遺影まで掲げちゃっている。デモ隊の先頭は南村委員長だ。

社前でのシュプレヒコールは高まる。デモ隊に向かって窓から卵を投げつけたら、星山副委員長の顔面にヒット。ペコちゃんみたいな顔は汚れてしまった。その瞬間、デモ隊の怒りは爆発的に高まる。もう制御できない。先輩、起きてください。右翼・天皇崇拝者を一掃すると叫んでいます。

そうか、左翼か。つぶやきながらロッカーからビール瓶を二本取り出したナオミン。火炎瓶だという。ザ・シークみたいに火を噴けるんですかと尋ねると、だまって後に続けと言いながら、眼は充血している。ダメ。そんな過激な戦術はやめてほしい。私は美春。見張るだけ。

ICレコーダーで実況中継。声の限りに叫ぶんだ。暴力反対。九条守れ。平和外交貫くぞ。共同正犯にされないように。その時、ナオミンが投げつけたビール瓶は見事に発火して、デモ隊は後ずさりした。南村委員長だけは毅然として凛々しい姿だ。あらいやだ。隊列の後ろに水山さんもいる。龍馬に似ているじゃん。デモ隊が急に増えたと思ったら、ニワトリまで続々と参加している。ここで闘わなければカラスの天下になるという危機感かしら。じゃ闘えよ。最後の最後まで。うつぶせになったままの腹筋は脈打つようにねじれて痛い。

グイ。グイ。後頭部を押さえつけてくるのはナオミンの五〇キロを超える握力。西郷像もレーニン像も引き倒せる力でわしづかみにされ、首もねじられている。ああ。こんなことは誰にもされたことないわ。カウンターにたたきつけられて額は流血で染まるのかしら。

「またパパを思って泣いていたのね」

なぜか優しい一声。いやん。父さんなど忘れていたのに。決まり悪くて目を合わせられない。

＊

六日後の夕方。田園都市線の駅で下車した。大型書店のカフェで、蟻塚さんのお連れ合いと待ち合わせていた。細身で優しそうな笑顔。心からのお悔やみを述べた。

「半年近く経つと、ようやく元の生活に戻りますね。魚好きにはふさわしい最期かと……」

「魚料理を召しあがって、お酒を飲まれた後でしたか」

「お酒など乗船前にありえません。船酔いしやすくて、釣りの前は体調を整えていました」

大事な情報も知らなかったので赤面してしまった。数年ぶりの横須賀沖での釣行だったという。

沖上がりの直前にメジマグロがヒット。強い衝撃に耐えながら魚をタモ網に収めた。その時点での発作と思われる。メジマグロと抱擁して動かない。呻き声に気付いた船長は全速力で港へ戻ったという。汗ばんでいる。感情は昂ぶっている。水を飲むことにした。

「蟻塚様は見事にマグロという釣果を上げられ、奥様を傷つけずに逝去されたのですね」

意味不明になっちゃった。後戻りできずに頭を垂れ続けた。

「船長さんに最善の対応をしていただいた。海上で緊急事態を連絡。港へ着くと同時に救急車で搬送されたけれど蘇生しなかったです」

逝去後の判断ミスは国友さんへの連絡だった。交友が深まる中で、夫の段ボールを次々に引きとってくれる人として好印象を持っていた。元職場への告発など予期していなかったという。

「冷静な方なのに驚きました。あの社に期待と幻想を持っていたのですね」

「申しわけありません。ありえない対応だと思います」

「忘れ去られることを夫は望んでいたと申し上げました。当事者無視の最悪の代行主義などという表現で謝罪された。理屈っぽい言いまわしでした」


「そこから何かトラブルになったのですか」

「脱線転覆です。煮え湯を飲まされる思いです。あなたの先輩は罪のない幼子を驚かせた」

穏やかな口調の蟻塚さんはナオミンへの怒りを隠さない。

「幼子って、どなたのお子様ですか」

「宮備さんのお子様。いやお嬢様のお子様です。その家を探り当てると、お孫さんに奇妙なパフォーマンスを試みたそうです」

「脅迫なんですか」

「そこが巧みですね。一見、子ども達とじゃれあうそぶりも織りまぜた知能犯だったわけです」

まず第一波は母親のいない隙に、なまはげの衣裳で威圧した。第二波では白昼堂々と保育園に出没。カラスのお面で驚かせたのだという。この時は保育士さんにも挨拶して、宮備さんと面識ある芸人と名乗った。園児全員とじゃれあうような素振りをしながら、宮備さんのお孫さんを追いかける時は真剣だった。標的は見え見えだったらしい。

身近に演劇関係者もいる。衣裳は入手しやすいことをお答えした。

「宮備さんのお嬢様は、第一波の時点でまるで理解できなかったとか。なまはげ怖いって、お子さんは泣きじゃくっている。何が起きたのだろうかと」

ママ友の一人に、なまはげはこの町に来るのかしらかと尋ねてみた。ありえないと笑われた。秋田出身者からは大晦日の行事で男性しかその役を務められないと教えられた。嫌がらせだ。誰かの恨みを買っているに違いないと指摘されて、ご両親に電話で報告した
「ジイジ怖い。変なおばちゃんがついてくるとお孫さんが泣き叫んだらしいです。娘さんから、会社を恨んでいる人はいないかと尋ねられた。そこで国友さん関係に思い至ったらしいです。」

「不可解です。直島の動機は何でしょうか」

「こちらが説明してほしいわ。夫とは面識もないはず。一人で計画したのですね」

「野次馬では満足できない。演じたいタイプです。上司の助太刀をという意識でしょう」

宮備さんのお嬢様が麗しすぎて、モチベーションを高めたことはありうると述べた。

「娘さんのお宅では、今度現れたら捕まえようと作戦を練っていたらしい」

「イノシシ並みの体力です。生け捕りは無理ですけれど」

「素手では危険である。相手を威嚇する武器はどこまで許されるか。ご夫婦も悩んだらしい」

護身用でも刃物は避けたい。バットは目立ちすぎる。肉叩きを思い付いた。ただ外出時に持参すると重すぎるので一度で止めてしまったという。

「国友さんはその時点で何も知りません。別の目的で宮備さんへの接触を続けていた。提訴などはしない。社員研修をお願いしたいと要請していたようです」

「断られて当然ですよね。何の縁もない会社ですし」

宮備さんは日を置かずに断る予定だった。直前にお孫さんからの訴えで局面は変わった。

「腸捻転のような展開です。まず宮備さんは御社の芸人のパフォーマンスを告発した。国友さんはただちに解雇を表明。告訴をお願いしますと要請した」

念のため、蟻塚さんは証拠を確認してみたらしい。保育士さんがその場面をスマホで撮っていた。カラスのお面で顔の上半分は見えないが、特徴ある太い首と二重あごを確認できたという。

「もはや否定できないと国友さんは自白した、いや自白ではなく謝罪です。ところが……」

宮備さんは豹変してしまった。解雇撤回を求めるスタンスに転じたのだという。

「信じられない。また組合委員長に戻ってしまった訳ですね」

国友さんもひどかった。お孫さんの命と安全をまず優先させましょう。その観点で互いにリスペクトして交渉を進めたいと提案したという。

「いやだ。相手を傷つけてきた側が、よくもぬけぬけとリスペクトなどと……」

第三波を発生させない。直島を逆上させない着地点は一つ。研修が実現できれば、本人も達成感を持って撤退できる。国友さんはそう開き直ったのだという。

「まるで説教強盗ですね」

「マズローの欲求五段階説という説を持ち出して、充足感さえ持てれば直島はもう平和の脅威にはならないと言ったそうです。マズローって有名なんですか」

アメリカの心理学者。人間の欲求レベルを区分した学説で有名だと紹介した。

「お孫さんを溺愛してバランスを崩してしまう祖父母は多いですね。宮備さんもストックホルム症候群と同じ心理状態だったのでしょう」

ハイジャック犯と同じ空間にいる乗客が、犯人に同調してしまう心理状態を示す語だという。

「可能性がゼロだった研修は、こうしてにわかに急浮上したらしいです」

解雇しない。謝罪文を書かせる。一ヶ月の研修を模索することで合意することになった。

「満額回答。弊社は妥結できます。でもなぜそれほど詳細にご存じなのですか」

先週に専大前交差点の喫茶店で専務さんに会ったという。昨年は弔問をお断りしたので挨拶をした。国友さんにも何度かその裏付けをとったという。見事な取材力だと思った。夜間中学の教師を務めていたという。

「一番驚いたのは、お孫さんの今です。直島さんに絶対に言わないのよ」

なまはげとカラスに大泣きしていたお孫さんの精神的ダメージを皆が憂慮していた。ところが、「なまはげ来るよ」の一言で、すっかり聞き分けがよくなってしまったのだという。最近は、なまはげのおばちゃん、また来ないかなとさえ言い始めている。

「先日は保育士さんが、カラスの芸人さんにまた来園してもらいたいと依頼してきた。お嬢様は怒るわけにもいかず……」

蟻塚さんは噴き出してしまい、末尾は聞き取れない。夕食のお誘いが嬉しかった。

＊

近くのイタリアンのお店に入った。赤のグラスワインで献杯した。注文した生ハムとカルパッチョの美味しさに驚かされた。

「一七年前にも死にかけました。その時点では生き延びられて幸運でした」

心筋梗塞で救急車で搬送された。混乱の中でお連れ合いが上司宛にファックスを送ったという。

「この一九九八年には社内で何人も亡くなられました。ご存じでしたか」

社長さん、M内さん、組合のレジェンドも亡くなられた一年だったことを存じ上げていた。組合のレジェンドの采配で優秀なハンサム弁護士が組合の顧問弁護士に就任。ブックレット[58]の著者にもなってくれた。M内さんに一度だけ評価されたのは、理系編集者募集を友人に知らせた件。即戦力として入社。M内さんの仕事を受け継いでいる大黒柱という。

「一つでも会社に貢献できればご立派ですよね。優しそうな方ですね」

「負けず嫌いです。あんな人たちに負けるはずがないを口癖にしていました」

「会社の役員とかへの批判ですか」

「役員の方とは接点ありません。執行委員をやっていた当時の先輩でしょう」

叩き上げ派ではない。エリートでもない。学生時代に夜間受付の仕事を二年経験。おかげで勉強を続けられた。『広島・長崎の原爆災害』[59]という高価な本も刊行直後に買えた。最晩年の吉野さんの姿にも接している思い出を語っていたという。

「スッポン養殖なんて、ユニークなプランの発案は貴重ですね」

「養殖場にも一緒に見学に行きましたよ。スッポンは創業者とご次男にもご縁ある。『岩波茂雄伝』にも出てくると申していました」

「連日深夜まで仕事されていたわけですね」

「休日も仕事です。月刊誌編集部ではチリを自費で訪問。インタビューを実現しました」

天文関係の取材ですかと尋ねた。高校生の時から関心を持っていた国と教えてくれた。書物には真摯なので、毎年数十点も謹呈される著書や論文抜き刷りの読後感を書いていたという。

BGMは哀愁を帯びたアコーディオン。心洗われる思いで次の質問を考える。

「イタリアもお好きだったんですか」

言葉のできない二人で旅したという。でもサルデーニャ島にはついに行けなかった。この地の出身者に夫がその昔憧れた人たちもいた。最近は別の動機もあって旅したかったという。

「この島のジャーラ高原に棲息する野生馬を見たいと言っていました。馬への関心を強めて、各地の在来馬も見に行ったりしていました」

にわかに胸の鼓動は高まってきた。再び言葉をみつけられなくなった。

「あれ、どうされましたか。ワインをもう少し飲みましょうよ」

優しいまなざしで問いかけられて、言葉に窮した。事実だけを申し上げよう。蟻塚さんの亡くなった二ヶ月前、父は交通事故で逝去した。一歳違いの蟻塚さんの急逝に胸を衝かれる思いになったことを語った。心からのお悔やみを述べていただいた。闘病中の父から贈られた本も馬についての本だとお伝えした。その内容を尋ねられて説明するのに苦労した。

「そうですか。馬耕教師っていう言葉があったんですね。初めて知りました」

この蟻塚さんにならば話せる。一ヶ月間、インタビューでは全く出さなかった話題、出せなかったエピソードを初めてお伝えできる。

「岩波茂雄さんも乗馬を趣味としていた時期がありました。落馬して怪我したこともある。小林勇さんも乗馬はお得意で。堂々と馬を乗りこなす姿は自伝の中で印象的な場面です」

「出版界で名を馳せてきた社のリーダーですものね。馬を操れることは、人間の群れを動かすためにも大事な資質かもしれません」

「個性強い馬も多いらしいですね。編集部はとくに群れたがらない。暴れ馬も多く、朝方まで厩に入らない馬もいる。その点、組合執行部派には素直な馬が多い。指示された方向に一群で走っていく。先頭には鹿も一緒に走っているとか」

蟻塚さんは、顔をくしゃくしゃにして笑った。夫もまさに執行部派の一人だった。その群れの最後尾にいて、最後まで一緒だったのかしらと言葉を濁した。

「さすが斬新な視点ですね。でも馬に喩えるとして、出版社での著者と編集者との関係はどう見るべきですか。馬に騎乗するのは編集者か著者か。鞭を振るうのはどちらですか」

鋭い。仕事の現場を取材していないからコメントもできないけど。

「各社で事情は違い、一冊ずつ両者の関係性は違うのだと思います」

パスタの美味しさに眼を見張った。ソースとパスタとの絶妙な一体感。どのお皿にも華がある。亡き蟻塚さんもこの店の料理を愛していたらしい。パスタのおかげで先ほどの質問への答えを見つけられた。著者と編集者ではなく、スライドさせるのはどうかしら。

「経営者と組合執行部。どちらが騎手でどちらが馬かという質問にしていただくとフィットします。相乗り。人馬一体。批判には馬耳東風でいかがでしょうか」

「さすが賢いですね。国友さんもホープが入社してくれたと期待していましたよ」


亡き蟻塚さんはよく語っていたという。業界のニュースに敏感な社員も社内の現実は変えられない。社内の風通しの悪さを自覚する人は多いのに、誰も改革できずに時間は流れたという。

最後に若き日の読書遍歴をお聞きしてみた。ウェーバーもマルクスもレーニンもまだ読まれていた時代の大学生。ロシア語は苦手で専門は異なるが、一九世紀以降のロシアの思想家や革命家は日本語で読んでいた。出会った頃に、ミールという言葉を教えられた。ロシアの農村共同体。共同体の抑圧を意識してきた人だという。

「亡くなる前に読んでいた本は何ですか」

「蟻の生態についての厚い本です。あの会社も蟻塚だったのか。シロアリ社会の真逆で逆シロアリ社会なのかもね。どちらも困り物だと語っていました。自分は優秀な馬に踏みつけられる一匹の蟻として終わったのだと……。自虐的ねとからかいました」

それが釣行の数日前だったという。著者をお尋ねすると、翻訳書だったという。会計を済ませて駅への道を歩き始めた。

「素敵なお店ですね。友だちを連れてきても良いでしょうか」

「もちろんよ。それほどは遠くないでしょ。直島さん以外は大歓迎します」

今度は国友さんも一緒にお食事しましょうと言ってくださった。

「直島ですけど。今のお店の奥様の真逆と考えていただけば、ピッタリです」

蟻塚さんは声を弾ませて笑った。麗しく気立てのいい方とすばらしい料理人のご夫妻。二人でよくそれを話題にしていたという。夫の急逝をあのお店にまだ伝えていない。海外のお友だちの家で長期滞在していると伝えているらしい。お別れして駅に向かった。


二月下旬、寒さのピークは越えている。プラットホームに立っていても辛くなかった。コートからしのびこんでくる冷気で身の引き締まる思いになった。ベンチに座ってナオミンにメールを送ろうと思った。報告ではいけない。一言は言おう。言っていい嘘といけない嘘があるはず。

お連れ合いとお逢いしました。蟻のような蟻塚さん、風彩の上らない、会社の非重要人物。それでも死者を哀悼したいです。先輩をちょっと嫌いになりそう。退職届を出したいほどです。

二分も経たずに返事が戻ってきた。

早く辞めろって。国友さんとの養子縁組も辞退せよ。姉と妹になるのは嫌だったんだ。良友並び立たず。二人の品川駅の一節から。さようなら季、さようなら美春。日本プロレタリアートは後ろから前掛け　報復の歓喜に泣きわらう日まで。満額回答せよ。

のけぞるような返信だった。素面でもこの文面を書けちゃうのは怖いな。GKなのに自軍ゴールにシュート叩き込む、排外主義的な最右翼に回答しよう。手帳に記してある、国友さんの愛する詩を確認した。笑えた。腹筋痛くなるほどの傑作だな。脇から攻めちゃう。第一次回答を書き始めた。

日本語乱れていますね。両雄ですよ。私たち女だけどね。国友さんの好きな詩は正確に引用願います。世界史の教科書に季氏朝鮮はありません。季ではなくて李。「日本プロレタリアートは後ろから前掛け」って、国友さんのエプロンを貴志子さんが後ろで結んであげている場面みたい。微笑ましいけどね。正しくは「日本プロレタリアートの後だて前だて」。意味はわかりません。天皇を敬愛する先輩もこの詩を讃えるのですか。日本と朝鮮の人民の連帯を描いている。天皇制を根底から撃つ詩だそうです。「二人の品川駅」は最高だね。猪熊さんとのデュエットは「二人の銀座」、この詩は「雨の降る品川駅」[60]だよ。作者は中野の最高峰、重治さんよ。死者を冒涜する者は詩も冒涜する。日本のプロレタリアートは永遠に鉄鎖から解放されないわけだ。今こそ愚鈍の頭脳をたたきわれ。ながく堰(せ)かれていた水をしてほとばしらしめよ。な〜んて詩からも引用しました。

送信を思いとどまった。そのワンタッチで覆水盆に返らず。職場を失ってしまう。詩を愛しても解してもいない人。御祖父さんは右翼として一人一殺（いちにんいっさつ）。君は一日一冊だと国友さんから叱咤されても本への情熱に欠ける人。すべて食費に消えてしまう。後半部分は詩を記憶していなければ無意味でしかない。修正こそ命だ。駅前のベンチで、圧縮版をついに仕上げた。

ドロップキックでリング下　覚醒すれば血の海だ　みんな私が悪いから　遺産相続辞退して
先輩立てて過ごします　辞めれば乞食・ホームレス　退職届は捨てました　万歳三唱おのぶさん　三回ご馳走致します

より圧縮した一次回答で要求にも正対している。物欲だけの組員はこれで妥結するだろう。GKⅢは究極の刹那的電撃的な春闘。この列島で、GKⅢへの期待は全く高まっていません。それを確認して、皆で握手しよう。職場に秩序はない。でも事実が私を鍛える。いや怯えさせる。メールを送信した。

溝の口駅から二ヶ領用水に沿って歩き続けた。鉄柵越しに流れを見ていた。かつての面影はないけれど、水量は乏しくない。人通りは多くても顔見知りのいない街。せわしなく歩きながら、言葉も交わさない人びと。この用水に熱い感謝を抱く人はもういない。この流れが輝く空間として多くの人々を引きつける時代はもう来ない。それでも一〇メートルで一センチの傾斜で水は流れていく。

さようなら　辛
さようなら　金
さようなら　李
さようなら　女の李
行ってあのかたい　厚い　なめらかな氷をたたきわれ

手帳を見つめて、声を潜めて「雨の降る品川駅」を読んでみた。一ヶ月研修させてもらった会社ともお別れしよう。この会社の一世紀余を彩ってきた著者たちの山脈（やまなみ）とも。岩だらけの山、広々とした草地を抱いた山と、風景は彩りに富んでいる。

この間に出逢えた社員と元社員の方の顔と声を思い浮かべる。一枚の写真も覚えている。六〇年安保闘争のフランスデモの隊列と教えてくれた人がいた。小柄で柔和な表情の女性が小さな手と細い腕を精一杯伸ばしていた。その名前は聞かなかったけれど。

五五年前という知らない時代。私の生まれる三〇年も前だ。その時点で三歳にもなっていなかった父さん。何の遊びに興じていたのかな。海馬と呼ばれた娘もいつか輝くのに。二五歳になる六月一日まで元気でいてほしかったのに。もう一歩、鉄柵へと近づいて水面を見ていた。

その時届いたのは佳代子からのメール。また夕食会の提案だった。

日曜日に境港からカニと魚が届く。今度は例の会で鍛えたあんたの腕前も見せないよ。真弓も四月から東京で料理学校に行くだけん。いつか二人で開く小料理店は米子かな。二ヶ領用水の近くかな。経営指導は任せるけんね。

よし私も米子弁で返事してみよう。

カニは大好物よ。ありがとうはだんだんよね。とっても、だんだん。経営指導は大丈夫よ。大丈夫って、えーよだね。いつでも、えーよ。

御礼と了解を伝えるのも一苦労だ。でも佳代子は本当に開店できるかしら。恋の渦中が似合っている子だから。私とは大違い。あれっ。米子弁で大きなってどう言うのかな。そうだ。がいな。こちらは小さな職場でもうしばらく過ごしていこう。

上弦の月が輝いていた。腹式呼吸で息を吐ききると冷気は口中を満たしていく。もう一度くりかえした。さらにもう一度。穏やかな流れを見ながら気持ちも安らかになっていく。

その時、耳慣れない音が用水から聞こえてきた。鯉かしら。鯉は夜も水面に顔を出すのかな。鯉が水面で吐き出す泡をホイップとは言わないな。どう表現するのだろう。ほの暗い水面になおも痕跡を探し続けていた。

注

1 香月洋一郎『馬耕教師の旅――「耕す」ことの近代』法政大学出版局、二〇一一年
2 永原慶二『苧麻・絹・木綿の社会史』吉川弘文館、二〇〇四年
3 安倍能成『岩波茂雄伝』岩波書店、一九五七年
4 吉野源三郎『君たちはどう生きるか』岩波文庫、一九八二年
5 大塚信一『理想の出版を求めて――一編集者の回想1963―2003』トランスビュー、二〇〇六年
6 小野民樹『60年代が僕たちをつくった』洋泉社、二〇〇四年。増補版幻戯書房、二〇一七年
7 伊東光晴『君たちの生きる社会』筑摩書房、一九七八年
8 羽原又吉『漂海民』岩波新書、一九六三年
9 和辻哲郎『風土――人間学的考察』岩波文庫、一九七九年
10 和辻哲郎『古寺巡礼』岩波文庫、一九七九年
11 上坂冬子『職場の群像』中央公論社、一九五九年
12 岩波書店編集部編『本ができるまで』岩波ジュニア新書、二〇〇三年
13 伊佐山芳郎『嫌煙権を考える』岩波新書、一九八三年
14 ウィルソン、大貫昌子・牧野俊一訳『生命の多様性』1・2、岩波現代文庫、二〇〇四年
15 暉峻淑子『豊かさとは何か』岩波新書、一九八九年
16 内橋克人『匠の時代』全六巻、岩波現代文庫、二〇一一年
17 本田由紀「自己実現という罠〈やりがい〉の搾取――拡大する新たな「働きすぎ」」『世界』二〇〇七年三月号
18 小林勇『一本の道』岩波書店、一九七五年
19 尾崎真理子『ひみつの王国――評伝石井桃子』新潮社、二〇一四年
20 丸山眞男『政治の世界 他十篇』岩波文庫、二〇一四年
21 『追想――梅徳を偲びて』一九六〇年
22 森末義彰・市古貞次・堤精二編『国書総目録』全八巻・別巻、岩波書店、一九六三年～一九七六年
23 小倉金之助『家計の数学』岩波新書、一九三八年
24 本田喜代治『旃陀羅の子――ある心の遍歴』法政大学出版局、一九七〇年
25 長田新編『原爆の子――広島の少年少女のうったえ』上・下、岩波文庫、一九九〇年
26 大江健三郎『ヒロシマ・ノート』岩波新書、一九六五年
27 日高六郎『原水爆とのたたかい――平和の声まちに村に』国土社、一九六三年

28 山本周五郎『樅の木は残った』新潮文庫、一九六三年
29 藤沢周平『たそがれ清兵衛』新潮社、一九八八年
30 渋谷定輔『農民哀史から六十年』岩波新書、一九八六年
31 小平邦彦『ボクは算数しか出来なかった』日経サイエンス社、一九八七年。岩波現代文庫、二〇〇二年
32 レーニン、寺沢恒信訳『唯物論と経験批判論』上・下、大月書店、一九七五年
33 ナオミ・クライン、幾島幸子・村上由見子訳『ショック・ドクトリン』上・下、岩波書店、二〇一一年
34 小林多喜二『蟹工船・党生活者』新潮文庫、一九六八年
35 鶴見良行『バナナと日本人――フィリピン農園と食卓のあいだ』岩波新書、一九八二年
36 吉野源三郎『同時代のこと――ヴェトナム戦争を忘れるな』岩波新書、一九七四年
37 斎藤茂男『わが亡きあとに洪水はきたれ！』現代史出版会、一九七四年
38 刈部直『物語岩波書店百年史3「戦後」から離れて』岩波書店、二〇一三年
39 三浦しをん『舟を編む』光文社、二〇一一年
40 二村一夫「戦後社会の起点における労働組合運動」『戦後改革と現代社会の形成』岩波書店、一九九四年
41 後藤道夫「階級と市民の現在」、石井伸男・清真人・後藤道夫・古茂田宏『モダニズムとポストモダニズム――戦後マルクス主義思想の軌跡』所収、青木書店、一九八八年
42 マルクス、城塚登・田中吉六訳『経済学・哲学草稿』岩波文庫、一九六四年
43 丸山眞男『増補版　現代政治の思想と行動』未來社、一九六四年
44 高島善哉・水田洋・平田清明『社会思想史概論』岩波書店、一九六二年
45 塙作楽『岩波物語――私の戦後史』審美社、一九九〇年
46 ミヒャエル・エンデ『モモ』岩波書店、一九七六年
47 金元祚『凍土の共和国――北朝鮮幻滅紀行』亜紀書房、一九八四年
48 伊東光晴『ケインズ――〝新しい経済学〟の誕生』岩波新書、一九六二年
49 古関彰一『安全保障とは何か――国家から人間へ』岩波書店、二〇一三年
50 中村明著『日本語　語感の辞典』岩波書店、二〇一〇年
51 塩川伸明『スターリン体制下の労働者階級』東大出版会、一九八五年
52 濱口桂一郎『新しい労働社会――雇用システムの再構築へ』岩波新書、二〇〇九年
53 宮内久男追思集」刊行会『宮内久男追思集』二〇〇八年
54 芦部信喜『憲法』岩波書店、一九九三年
55 ジョージ・オーウェル、川端康雄訳『動物農場　おとぎばなし』岩波文庫、二〇〇九年

56 林達夫「みやびなる宴」『林達夫著作集1』平凡社、一九七一年
57 島崎藤村『夜明け前』全四冊、新潮文庫、一九五四〜五五年
58 小池振一郎・海渡雄一『刑事司法改革ヨーロッパと日本——国際人権の視点から』岩波ブックレット、一九九二年
59 広島市・長崎市原爆災害誌編集委員会『広島・長崎の原爆災害』岩波書店、一九七九年
60 中野重治『中野重治詩集』岩波文庫、一九五六年

主な参考文献（社史、労組資料、岩波書店刊の岩波書店論、岩波茂雄論は紙幅の制約で割愛）

『Roots 弓浜半島物語』鳥取県経済同友会西部地区（ふるさと教育特別委員会）、二〇二〇年
高橋祐吉『「企業社会の形成・成熟・変容」』専修大学出版局、二〇一八年
濱口桂一郎『日本の労働法政策』労働政策研究・研修機構、二〇一八年
「電産10月闘争と電産型賃金——足立長太郎氏に聞く」『大原社会問題研究所雑誌』四九六号、二〇〇〇年三月
河西宏祐『電産型賃金の世界——その形成と歴史的意義』早稲田大学出版部、一九九九年
遠藤公嗣『賃金の決め方——賃金形態と労働研究』ミネルヴァ書房、二〇〇五年
小熊英二『日本社会のしくみ——雇用・教育・福祉の歴史社会学』講談社現代新書、二〇一九年
宇吹暁『ヒロシマ戦後史——被爆体験はどう受けとめられてきたか』岩波書店、二〇一四年
三宅明正「戦後改革期の日本資本主義における労資関係——〈従業員組合〉の生成」『土地制度史学』一九九一年四月
遠藤公嗣「労働組合と民主主義」『戦後民主主義』岩波書店、一九九五年
『二村一夫著作集』電子版
野村正實『「優良企業」でなぜ過労死・過労自殺が？「ブラック・アンド・ホワイト企業」としての日本企業』ミネルヴァ書房、二〇一八年
栗田健『労働組合』日本労働協会、一九八三年
森武麿『戦間期の日本農村社会——農民運動と産業組合』日本経済評論社、二〇〇五年
十重田裕一『岩波茂雄——低く暮らし、高く想ふ』ミネルヴァ書房、二〇一三年
村上一郎『岩波茂雄と出版文化——近代日本の教養主義』（解説・竹内洋）講談社学術文庫、二〇一三年
今井康之「岩波書店における徒弟制度」日本編集者学会『エディターシップ』五号、二〇一八年
ウィルソン、辻和希・松本忠夫訳『蟻の自然史』朝日新聞社、一九九七年

中野　慶（なかの けい）

本名大塚茂樹。1957年生まれ。早稲田大学第一文学部、立教大学大学院（修士中退）で日本現代史を専攻。岩波書店には夜間受付（嘱託）を経て1987年入社。校正部・辞典部を経て編集部で単行本、世界、岩波現代文庫〔6年間編集長〕等を担当した。労働組合では執行委員・地協委員等を経験。同社が提訴された沖縄戦裁判の担当者の一人。2014年早期退職して著述業。中野名では小説・児童文学を執筆。主著に『軍馬と楕円球』（かもがわ出版）、『やんばる君』（童心社、品切れ）、絵本『新井貴浩物語』（切り絵・吉田路子、南々社）など。

本名では評伝・ノンフィクションを執筆。主著に『原爆にも部落差別にも負けなかった人びと…広島・小さな町の戦後史』（かもがわ出版、第22回平和・協同ジャーナリスト基金賞奨励賞）、『まどうてくれ—藤居平一・被爆者と生きる』（旬報社）、『心さわぐ憲法9条…護憲派が問われている』（花伝社）、『ある歓喜の歌…小松雄一郎・嵐の時代にベートーヴェンを求めて』（同時代社）がある。

小説 岩波書店取材日記

2021年12月20日　初版第1刷発行

著　者　中野　慶
発行者　竹村正治
発行所　株式会社 かもがわ出版
〒602-8119　京都市上京区堀川通出水西入
TEL 075-432-2868　FAX 075-432-2869
ホームページ　http://www.kamogawa.co.jp
印刷所　シナノ書籍印刷株式会社

ISBN 978-4-7803-1197-6　C0093